AF131505

Petits meurtres sordides

à

la campagne

Mon ami le tailleur

Samedi 3 juillet, 23h30

Flamicourt

Julia Tradisi rejoignit le chef de la gendarmerie locale sur la place de la mairie, endroit le plus simple à trouver dans un village, avec l'église et le cimetière. Cet espace, encombré de quelques platanes et d'un vieil abreuvoir en pierre transformé en fontaine publique, baignait dans une lumière orange provenant de deux réverbères anorexiques.

L'officier grimaça au vu de ce spectacle. Le chef se sentit obligé de lui expliquer que le maire était très économe avec l'argent des contribuables.

-Les lampadaires restent allumés toute la nuit ?

-Non, non, tout s'éteint à minuit pile.

-Ah bon! Minuit pile, pourquoi pas.

-Le maire est économe sur tout, surenchérit le chef.

Il suffisait de voir l'état de délabrement de l'unique banc en bois pour s'en persuader.

Dubitative, se tournant vers l'unique édifice du lieu, elle ajouta, d'un air légèrement enjoué, que le reflet orangé des platanes sur la façade de la mairie était plutôt sympathique, voire un brin fantomatique.

Puis elle fit face au chef, avec son sourire narquois qui en avait énervé plus d'un.

Celui-ci, sans se démonter, leva les yeux au ciel. Ce qui fit rire l'officier.

-Mes excuses chef. Allez-y, faites moi un topo de la situation. Il nous reste trente minutes d'éclairage public.

Il lui expliqua succinctement et rapidement les faits.

-La victime a été retrouvée crucifiée sur une porte en bois pendant le final de la fête en cours, par une bénévole de l'association.

-Quel était le rôle de la victime dans cette association ?

-Il s'agit de l'association familiale du canton dont il en était le président depuis la dernière saison.

-Il était marié demanda- t'elle de but en blanc ?

Pris au dépourvu par cette question, le major fixa Tradisi, gêné.

-Euh ! Marié ? Il vivait avec une jeune femme. Après, étaient-ils mariés ? Le gendarme haussa les épaules.

-Qu'importe ! On s'en fout. Mais bon ! Quelqu'un a prévenu sa compagne?

-Oui, répondit l'adjudant Cernier d'un ton hésitant.

-Elle a été prévenue ou pas, s'impatienta l'officier ?

-Oui, je me suis rendu à son domicile.

Cernier aimait bien la petite jeune femme surtout depuis qu'elle avait prise en charge son épouse complètement déprimée quelques temps après la naissance de leur enfant. Une délicieuse petite fille avec de gros problèmes digestifs. Bon, cela ne s'était pas passé aussi simplement que certains le pensaient mais ce petit bout de femme l'avait ramené des sables mouvants de la folie. Et il adorait sa femme. En son for intérieur, depuis cet épisode, il se sentait redevable et se devait de la protéger. Et là, il avait manqué à tous ses devoirs, du moins le croyait-il.

**** 

L'adjudant chef Cernier se souviendrait de cette soirée toute sa vie. Il n'avait pas eu besoin de toquer à la porte. Jeanne, car elle se prénommait Jeanne, avait déjà ouvert celle-ci, sans doute en ayant aperçu le véhicule de service. Et dans son regard, Cernier devina qu'elle avait compris.

-Où, demanda- t'elle ?

-La salle des fêtes. La porte de secours vers les champs. Je vais t'accompa….

Elle avait vivement refermé la porte au nez du gendarme. Décontenancé, l'adjudant s'apprêtait à frapper de nouveau quand celle-ci s'ouvrit à la volée. Jeanne passa devant lui, comme une folle, s'engouffra dans sa voiture et démarra dans un hurlement de moteur.

Cernier hésita un instant.

-Et ? demanda Julia, inquiète de la suite à venir.

-Elle portait un fusil. Un fusil à pompe !

-Et ?

-J'ai foncé avec mon véhicule. Je suis arrivé juste à temps. Elle braquait l'arme en direction d'un pickup. Elle n'a pas eu la possibilité d'appuyer sur la détente. Heureusement.

-Heureusement comme vous dites. Où est-elle ?

-En garde à vue à la gendarmerie où je compte retourner pour l'auditionner. Pour comprendre son geste. Elle n'a pas eu le temps de voir son compagnon. Mieux valait pas. Un agent est avec elle.

-Bien. Vous connaissez la procédure. En cas de besoin, appelez-moi. N'hésitez pas.

-Vous ne m'accompagnez pas ?

-Non, je me rends sur les lieux du crime. Je verrai cette dame plus tard.

-D'accord, je vous explique comment vous rendre au gymnase. C'est simple et en plus les gyrophares bleus vous guideront.

Tradisi allait s'éloigner quand elle demanda pourquoi cette femme avait menacé de tirer sur ce véhicule et qui en était le conducteur ?

-C'est un entrepreneur local quant au pourquoi de cette menace, je n'en sais rien. Il est reparti chez lui avec son avocat quand j'ai interpellé cette femme. Aussitôt. Je n'ai pas eu le temps de lui dire de rester. J'étais trop préoccupé à mettre la petite en sécurité.

-La petite, répéta - t'elle songeuse.

Puis elle redressa vivement la tête, une lueur de violence dans les yeux.

-Son avocat est déjà là ?

Cernier se frotta le nez, cherchant à comprendre le pourquoi de la présence de l'avocat.

-Sans doute était-il présent pour la fête. D'où sa présence dans le pickup.

-Ah oui, la fête !

Elle n'avait aucune idée de quoi il parlait mais comprenait que l'avocat et l'entrepreneur était ensemble. Peut-être ! Mais pourquoi partaient-ils aussi vite ?

-Tout compte fait, je ne pars pas. Je me rends à la gendarmerie et vous, retournez plutôt là où a été perpétré cet assassinat. Je vous y rejoins. La salle des fêtes, c'est ça ?

Sur ce, elle tourna les talons sans attendre de réponse. Elle remonta dans sa voiture de fonction et démarra aussitôt.

**\*\*\*\***

La cellule était moche, petite, laide, désagréable, avec des relents de vomis comme toutes les cellules de dégrisement. Elle y trouva la jeune femme, prostrée, assise toute droite sur le bas flanc en acier fixé au mur, le regard empli d'une profonde tristesse. Une gendarme se tenait à côté d'elle, également assise, la porte de la cellule entrouverte. Julia fit un léger signe de tête à l'agent. Celle-ci se leva, lâchant doucement la main de la jeune femme. Elle fit un mince sourire à l'officier et quitta les lieux, essuyant ses yeux rougis d'avoir pleuré.

Jeanne leva son visage vers cette étrange personne debout devant elle, totalement silencieuse.

-Je voudrais voir mon mari s'il vous plait, dit-elle d'une voix presque inaudible sans se lever, fixant le regard inexpressif de l'officier.

Depuis son entrée dans la gendarmerie, Julia évitait de laisser percevoir dans ses yeux son ressenti face à ces situations toujours plus troublantes et douloureuses au fil des ans. La noirceur de l'âme humaine faisait partie de son quotidien, noirceur dont la violence l'avait trop souvent amené au bord du gouffre.

Tradisi la détailla et se demanda comme un aussi petit bout de femme, menu, à l'allure fragile, au visage d'une grande douceur, avait pu se précipiter ainsi avec un fusil à pompe.

-Le fusil est plus grand et plus lourd que vous.

-Le canon était scié.

-Quand même.

-S'il vous plait murmura Jeanne !

Julia laissa entendre un soupir pas très professionnel.

-Venez, je vais vous accompagner.

-Vous me mettez les menottes ?

-Inutile. Vous n'avez plus de fusil !

L'officier s'engagea dans le couloir puis hésita, s'arrêta, se retourna.

Jeanne s'arrêta également et la regarda indécise.

-Pourquoi vouliez-vous tuer cet entrepreneur ?

-Parce qu'il avait déjà menacé de tuer mon mari.

-Et pourquoi voulait- t'il le tuer ?

-Parce qu'il n'aimait pas les pédés, surtout ceux qui touchaient sa femme !

-Votre mari était pédé, euh, homo ?

-Non.

-Je ne comprends pas ! Les homos ne touchent pas les femmes.

-Mon mari, à ses heures perdues, était tailleur et un peu maniéré comme ils le sont souvent.

-Ah ! Et il couchait avec la femme de cet entrepreneur ?

-Non, non, mais il avait pris en main tous les costumes de la fête d'aujourd'hui et automatiquement,

il faisait les retouches directement sur les participantes.

-Ah oui, cette fameuse fête. Les costumes, les retouches ! Vous n'étiez pas de la fête ?

Pas de réponse. En face d'elle, l'officier voyait un
être totalement anéanti. Puis elle reprit :

-Et donc, l'autre personne croyait qu'il touchait sa
femme ! De plus, il pensait que votre mari était homosexuel. Il me semble bien compliqué cet entrepreneur. Qui vous l'a dit ?

-Qui m'a dit quoi ?

-Que cet individu croyait que votre mari touchait
sa femme !

-Il l'a dit à mon mari le jour où il a menacé de le
tuer !

-C'était quand ?

Jeanne balbutia quelques mots inaudibles.

-Et vous, qu'est-ce que vous en pensiez ?

Jeanne la regarda et les larmes coulèrent de nouveau sans bruit sur ses joues.

-Mon mari ne touche pas les gens, madame. Mon mari est un homme doux et respectueux.

Puis dans un murmure, elle reprit :

-C'était un être doux.

Reniflant plusieurs fois, elle essuya son nez dans sa manche et rajouta que l'entrepreneur croyait qu'il profitait de la situation pour tripoter sa femme. Puis d'une voix plus forte, elle ajouta :

-Qu'est-ce que cela pouvait bien lui faire, il la frappait bien, lui !

-Qui frappait qui ? demanda Julia un peu décontenancée.

-L'entrepreneur frappait sa femme. Elle me l'avait dit et parfois ça se voyait.

-Ah ! Evidemment ! C'est plus simple que de faire un ourlet. Et vous croyez qu'il a tué votre mari ?

-Je ne sais pas.

-Pourquoi avez-vous tout de suite pensé que votre mari était décédé ? Comment cette idée s'est elle insinuée dans votre esprit ?

-Je connais bien l'adjudant, je l'ai lu dans ses yeux.

-Mais vous avez pris votre fusil avec la ferme intention de tuer.

-Ma vie est foutue autant que cela serve à quelque chose et que sa femme soit libérée.

-C'est une façon de voir. Ce fusil, d'où sort-il ?

Jeanne ne répondit pas. Ses yeux semblaient se noyer dans un déluge d'images sans fin. Julia reconnaissait là les frontières invisibles avec un monde parallèle foutraque dans lequel son esprit s'était déjà aventuré. Et d'où, il était difficile de revenir.

-Dites-moi, pourquoi son avocat était avec lui dans sa voiture ? Ca fait un sacré témoin contre vous ?

La jeune femme sursauta.

-S'il vous plait, je voudrai voir mon mari !

Julia soupira une nouvelle fois, doucement. Tout n'était que douceur et tendresse chez cette femme et elle allait partir en prison car, lorsqu' on utilise une arme contre quelqu'un, on va en prison.

-Il bosse au black et il doit passer au tribunal la semaine prochaine, ajouta- t'elle comme ça, de but en blanc, sans lien avec la situation présente.

-J'ai du mal à vous suivre. Comment savez-vous ça ?

-C'est un petit village ici. Tout se sait et en plus il n'est pas très malin. Ils sont souvent ensemble.

Et Jeanne se mit à pleurer, debout, les bras le long du corps, totalement désemparée.

Tradisi la regarda et lui demanda si la robe qu'elle portait avait été confectionnée par son mari ?

Julia n'avait jamais fait dans la dentelle et savait que ses questions à l'emporte pièce désarçonnaient souvent ses interlocuteurs. Il lui arrivait quand même de regretter ces démonstrations verbales parfois blessantes, comme en ce moment. Mais c'était trop tard.

Jeanne la regarda, déstabilisée par cette remarque un peu déplacée, les yeux grands ouverts et emplis de larmes.

-Oui. Elle est jolie, n'est-ce pas dit- elle toujours en pleurant.

Julia trouvait que le vêtement  bien que informe et passablement froissé, possédait un je ne sais quoi et tendait à donner une grande fraicheur à cette jeune femme.

Puis, sans ajouter un mot, elle la prit dans ses bras.

-ça va être un moment difficile, vous le savez bien.

-Oui, mais je veux le revoir une dernière fois, s'il vous plait.

Les deux femmes quittèrent la brigade dans un fourgon en compagnie de deux agents dont le chauffeur. L'officier savait qu'elle était  hors cadre en l'embarquant avec elle, sans menottes et sans l'autorisation du juge. Mais elle n'en avait cure.

Cette femme voulait revoir son compagnon, assassiné de façon bestiale et semblait ne plus vouloir vivre sans lui. Alors, autant lui accorder sa demande somme toute normale en ces circonstances et, peut être, l'empêcher  de mettre fin à ses jours.

Elle tourna la tête vers elle et la détailla de la tête au pied, sans aucune discrétion. Jeanne ne sembla pas gênée par ce regard incisif qui semblait la disséquer sans ménagement.

****

Le corps reposait sur une civière posée à terre à l'arrière de la salle des fêtes, recouvert d'un drap blanc.

La scène du crime était protégée comme l'exige le règlement. Les gendarmes de la brigade maintenaient les gens à l'écart. Quelques flashs de portables éclataient çà et là. Mais le public s'était dispersé dans le calme, sans bruit, choqué qu'une soirée aussi fantastique se soit terminée de façon si dramatique. Le groupe d'intervention habituel de la gendarmerie était à pied d'œuvre et passait au peigne fin les alentours pour tenter de récolter tous les indices possibles. La porte sur laquelle avait été crucifiée la victime faisait l'objet d'une très grande attention.

L'officier avait analysé la scène d'un œil professionnel. Elle ne voulait pas qu'un individu peu scrupuleux vienne pervertir l'acte final de ce théâtre tristement humain et que la femme de la victime aperçoive ou devine ce qu'il était arrivé à son compagnon.

Un homme vêtu d'une tenue blanche s'approcha des deux femmes et leur fit signe de le suivre après leur avoir tendu les sempiternelles surchaussures blanches. Tradisi soutenait Jeanne d'une seule main tant elle semblait légère.

L'homme s'approcha de la civière, leva la tête vers l'officier qui lui donna son assentiment. Il retira délicatement le drap recouvrant le visage de la victime, seul fragment du corps non abimé.

Jeanne s'agenouilla dans l'herbe fraîche et le caressa doucement. Ses doigts effleuraient ses joues, glissant le long des yeux ouverts semblant regarder un univers sans fond. Elle déposa un léger baiser sur le front, sur le nez puis sur les lèvres.

Ses larmes coulaient sans cesse, tombant sur le visage de son compagnon.

Puis, son corps fut pris de soubresauts de plus en plus violents, accompagnés de hoquets incontrôlables, au point que l'officier dut la ceinturer des deux bras et l'éloigner du lieu. Rapidement, efficacement, sans un hurlement, sans un cri, sans un bruit.

Deux pompiers professionnels ayant aperçu la scène la prirent en charge. Ils l'installèrent dans l'ambulance rouge, fermant la porte derrière eux pour la préserver de la curiosité d'un petit groupe d'individus qui s'étaient approchés du véhicule de secours. Un médecin, proche de la victime semble - t'il, les rejoignit après s'être fait connaître auprès des forces de l'ordre.

L'officier fit signe à un gendarme de s'assurer de la sécurité du fourgon tout en lui indiquant que personne ne devait quitter cet endroit sans son autorisation formelle. Le gendarme confirma ses ordres et prit position après avoir invité fermement les curieux à se retirer.

Ce qu'ils firent non sans maugréer. Quelques flashs brillèrent ici et là sans beaucoup de conviction. Les images apparaissant sur leurs écrans étaient d'un intérêt médiocre.

-Ce doit être dur pour elle, lui dit l'adjudant s'étant approché discrètement. Et cela va l'être encore plus quand elle apprendra ce qu'on lui a fait.

Tradisi opina de la tête.

-D'où sort-elle ce fusil au canon scié ?

-Aucune idée mais apparemment, elle connaissait bien l'endroit dans lequel il se trouvait.

-Exact. Il faudra creuser cette histoire. Ce n'est quand même pas banal. A croire que ce drame était inéluctable.

Julia laissa son regard passer de la scène de crime violemment éclairée par les spots des services techniques de la gendarmerie vers l'ambulance des pompiers dont la lumière bleue du gyrophare donnait un aspect lugubre à cet endroit prévu pour briller de mille feux.

-Des indices ?

-Pour l'instant rien de bien précis. La porte en bois sur laquelle la victime a été crucifiée nous cause des soucis. Elle n'a rien à faire ici et personne ne sait comment elle est arrivée là, ou ne s'en souvient.

-Vous avez déjà commencé des interrogatoires ?

-Oui, tout le monde est choqué mais rien de bien intéressant ne sort. Tous mes hommes non utilisés pour sécuriser les lieux relèvent les noms et adresses des nombreux témoins présents.

-Effectivement cela doit faire du monde releva Julia en jetant un regard circulaire. Les brigades des alentours se sont déplacées rapidement ?

-Tout à fait. Je les appelé selon vos ordres et toutes se sont dépêchées de nous porter assistance. Même les collègues se trouvant sur place pour assister à cette soirée se sont mis à ma disposition.

-C'est ce meurtre qui les fascinent à ce point ?

-Sans doute un peu mais pas mal de familles de gendarmes participaient au spectacle.

-Etonnant pour des gendarmes. D'habitudes, ils sympathisent peu avec la population locale. Vous pouvez m'en dire un peu plus sur la victime.

L'adjudant s'apprêtait à assouvir la curiosité somme toute professionnelle de son supérieur quand un léger craquement leur fit tourner la tête.

Un véhicule s'approchait lentement dans un feulement doux, presque inaudible. Privilège des véhicules électriques.

-Ah, voilà le médecin légiste et le juge.

-Ils viennent ensembles ?

-Ils sont mari et femme, alors ils s'arrangent pour être de permanence en même temps. C'est pratique ; en plus ils sont très compétents et très abordables. Vous verrez, c'est parfois un peu épique.

-Pas de famille ?

-Si, l'Etat, sourit l'adjudant.

Alors que le légiste se rendait auprès du corps dès sa descente du véhicule, le juge s'approcha d'eux.

-Claude Dambert, le procureur m'a demandé de mener cette enquête annonça t'il en tendant la main au colonel après avoir également salué l'adjudant.

-Lieutenant-colonel Julia Tradisi, en charge de tous les crimes et meurtres  dépendants des gendarmes de ce secteur depuis le premier juillet et, accessoirement, conseillère technique auprès de la police nationale pour tout autre crime et assassinat en tant que commissaire divisionnaire, selon les nouvelles lois en cours et les absurdités de nos honorables hommes et femmes politiques.

-Ah, enfin, un gendarme qui se rebelle.

-Bof, répondit-elle. Qu'en pensez-vous chef ?

Le juge ne lui donna pas le temps de répondre, à son grand soulagement.

-Au turbin dans ce paisible département depuis avant-hier quoi. Belle entrée en matière colonelle. Bienvenue chez nous. Avez-vous eu au moins le temps de vider vos cartons ?

La colonelle le regarda droit dans les yeux et constata une lumière espiègle au fond de ses iris.

-Je vis dans un meublé à la caserne et ne trimballe avec moi que le strict nécessaire, ce qui représente quand même pas mal de bagages mais pas trop pour me permettre de décamper en cas d'urgence.

-Vous allez plaire à ma femme, sans aucun doute. Elle adore les départs dans l'urgence.

Un léger sourire apparut sur le visage du gendarme. Il me plait bien ce juge ; Une tête avenante, pas trop mal physiquement et de l'humour. Reste à savoir s'il est vraiment compétent sinon il peut aller aux chiottes.

-Puisque vous en parlez, allons voir ce qu'a à nous dire le médecin légiste, bien qu'il vienne juste d'arriver.

-Après vous, colonelle ou lieutenant-colonelle.

-Appelez-moi madame, ce sera plus simple.

Cernier s'étant  excusé, l'un de ses hommes le demandant, les deux  comparses s'approchèrent de la zone, protégée du regard des gens par des bâches plastiques. Un gendarme en souleva un coin pour les laisser passer et un autre, juste derrière leur présenta des surchaussures qu'ils enfilèrent prestement. Le médecin était affairé sur le corps, regardant sans trop toucher aux vêtements, les différentes blessures, ordonnant au photographe l'accompagnant de prendre des clichés selon certains angles.

Sans même lever la tête, elle salua l'officier qui la gratifia d'un « bonjour docteur ».

Puis le médecin, ôta le drap complètement, se releva et demanda au photographe de faire des prises de vues globales du corps. Celui-ci s'exécuta sans dire un mot. Enfin, il se recula de quelques pas, permettant au médecin de remettre le drap sur le corps.

La colonelle ne perdait pas une miette de la scène. Aucun geste inutile, aucun mot sans intérêt prononcé. Le binôme fonctionnait comme une mécanique bien huilée.

Enfin, le médecin, vêtu de sa combinaison blanche, se rapprocha du photographe qui se baissa pour qu'elle puisse lui parler à l'oreille. Tradisi avait bien vu que la légiste était d'une taille assez petite mais, à côté du photographe qui devait dépasser le mètre quatre vingt dix, elle faisait l'effet d'une naine.

Le photographe quitta la scène du crime alors que le toubib se rapprochait d'eux, tout en enlevant la capuche et le masque de chirurgien. Jade Dambert avait une frimousse d'une gamine de seize ans, toute mignonne, un petit nez bien dessiné, des yeux gris verts en amande et le sourire chaleureux.

-Alors, docteur, comment est-il mort ?

-Je dirais qu'il a beaucoup souffert avant de mourir. Ses agresseurs l'ont crucifié vivant puis l'ont embroché avec une fourche à quatre dents.

-Agresseurs au pluriel, demanda Julia, un sourcil relevé d'étonnement.

-Oui, j'en suis certaine car il a été cloué proprement sur la porte et pour ce faire, il était nécessaire de le maintenir immobile.

-Cela va vous faciliter la tache, colonelle, surenchérit le juge, il est plus facile de trouver plusieurs agresseurs qu'un seul.

-Mouais, mais bon.

Sur ce, le médecin prit congé arguant du fait que vu le calme relatif en matière de mort bizarre dans le département, elle allait pouvoir procéder à l'autopsie dès ce soir.

-Vous pourrez ramener monsieur le juge, demanda- t'elle ? Je crois savoir que vous êtes également domiciliée à Péronne !

-Vous pouvez compter sur moi. Bonsoir docteur. Bien sur, moi aussi je compte sur vous pour m'informer si vous découvrez rapidement des indices me permettant d'orienter mon enquête.

La femme sourit de toutes ses dents et, sans répondre, se dirigea vers son véhicule.

-Vous ne lui faites pas un petit coucou monsieur le juge ?

Alors qu'il s'apprêtait à se diriger hors de la zone du crime, le juge s'arrêta net et, d'un air étonné, il lui demanda pourquoi.

-Ben, c'est votre femme !

Fronçant les sourcils, il agita son index sous le nez de l'officier.

-Et pourquoi pas une petite tape sur les fesses tant que vous y êtes. Sur le terrain, c'est docteur Dambert.

Il avait prononcé ces quelques mots doucement, sans hargne et seule Julia put les entendre.

Puis, à son grand étonnement, il lui murmura à l'oreille que parfois il en avait bien envie car elles étaient bien jolies.

Julia tourna son visage vers le juge et leurs nez se touchèrent presque.

-J'en conviens, bien que je n'en ai eu qu'une infime vision.

- Vous pouvez me croire sur parole et, d'ailleurs, malgré votre affreux uniforme, les vôtres me semblent pas mal du tout.

-Chut, monsieur le juge, on nous observe dit-elle avec un sourire malicieux.

-N'ayez crainte, nous sommes dans une zone d'ombre et vos collègues préfèrent éviter ma présence à leurs côtés. Allons voir cette porte.

-La légiste ne m'a même pas demandé qui j'étais ! Mais elle savait où je logeais.

-Elle a du se rencarder auprès de vos collègues. Vous n'êtes dans le département que depuis peu mais votre réputation vous a certainement devancée. Et pour que ma femme, pardon, le médecin légiste

vous ait à la bonne, elle doit être sacrément sulfu-
reuse.

-C'est bien aimable de sa part et vous voudrez bien
l'en remercier. Mais ma réputation n'est pas comme
vous l'indiquez. C'est simplement un cauchemar
pour mon entourage professionnel et surtout pour
moi.

Le juge approuva sobrement de la tête.

-Vous me plaisez beaucoup, madame la colonelle.

Julia poussa discrètement de la main son bras droit
sans ajouter un mot.

Les deux personnages quittèrent l'abri que leur
consentait l'absence de lumière et se rapprochèrent
de ladite porte après avoir reçu l'autorisation de
l'équipe scientifique. L'un des techniciens leur demanda de ne pas trop s'en approcher afin de ne pas
la polluer plus qu'elle ne l'était.

-J'ai cru savoir que des gens l'avaient décroché
avant votre arrivée l'interrogea le juge.

-Les pompiers pensaient qu'il était encore vivant
mais que le poids de son corps tirait sur ses mains,

les déchirant vilainement. Ils ont fait ce qu'il fallait même si cela a peut être gâché des indices.

La colonelle opina de la tête. Le technicien ajouta qu'il avait fait le nécessaire pour que la porte soit transportée à l'intérieur de la salle, la pluie étant annoncé pour la fin de la nuit.

-Bien, je vous remercie. N'hésitez pas à m'appeler si vous découvrez quelque chose.

-Je n'y manquerai pas. Puis le technicien repartit vers son équipe sans rien ajouter.

Le juge et le gendarme observèrent cette porte en bois avec intérêt. Elle était épaisse, en mauvais état, recouverte d'une vieille peinture marron écaillée en de nombreux endroits. Trois gros gonds en fer, rouillés, fixés au bois par d'énormes boulons, dépassaient de la droite.

-Quatre mètres de haut, deux mètres cinquante de large. Elle devait être inopérante depuis longtemps marmonna le juge.

-Cela donne une idée de la grange qu'elle devait desservir autrefois. Une ruine dans le pire des cas surenchérit Julia. La ferme dont elle vient ne devrait pas être trop difficile à trouver.

-Bien d'accord avec vous. De plus, vu son mauvais état, le transport a du être relativement court. Cela n'indique rien de bon pour votre enquête, cette porte est trop pourrie pour faire partie d'un spectacle comprenant beaucoup d'enfants. Elle a été amenée ici pour la raison que nous savons.

-Ce qui nous indique clairement que le meurtre était prémédité ou tout au moins l'agression. Ce petit coin de campagne m'est de moins en moins sympathique déclara Julia en regardant le juge.

Celui-ci lui rendit son sourire et la prit doucement par le bras.

-Colonelle, allons voir la personne qui a découvert le corps et après je vous quitterai.

-Hum, vous comptez rejoindre le médecin légiste ?

-Comme vous y allez, colonelle. Le docteur et moi sommes de permanence, donc boulot, boulot. Et comme nous sommes samedi, je vais avoir droit à mon lot de comparutions immédiates, ce qui risque fort de m'occuper toute la nuit.

Tout en conversant, ils avaient passé la porte principale de la salle des fêtes dans laquelle se trouvaient une bonne centaine de personnes.

-Cela fait du monde à interroger soupira Julia.

-D'après l'adjudant, ces personnes faisaient parties de la troupe accompagnant notre victime. Ah, voici l'adjudant.

Serpentant entre les chaises et les tables, le chef de la brigade locale s'approcha trainant derrière lui d'une main ferme, une jeune dame au visage fermé, ravagé par les larmes. Toujours affublée de son costume de scène. Un chemisier blanc, un gilet rouge à lacets, un kilt traditionnel à carreaux rouges et blancs, de grandes chaussettes décorées de la même façon, des ballerines noires et, bien sur, un calot rouge vif avec, à l'arrière une petite tresse noire. Bien porté, Julia devait se l'avouer même si la danseuse méritait de perdre quelques kilos.

-Je vous présente madame Valasseur qui a découvert le corps. J'ai pensé que vous aimeriez lui parler.

-Vous pouvez la lâcher, elle ne va pas se sauver.

-Pas sur. En plus, si son mari apprend qu'elle est
venue nous parler de son propre chef, ça va grincer à
la maison. Pas vrai Murielle ?

-Vous semblez bien la connaître ?

-C'est ma belle-sœur ! La sœur cadette de mon
épouse.

-Ah ! Nous avions déjà un mari brutal et maintenant, une femme battue ! Se retournant vers le juge
qui ne perdait rien de la scène, " seraient- ils un peu
sanguin dans ce petit village " ?

-Mon mari ne me bat pas madame, il est un peu co-
lérique !

-Hum, murmura le juge. Des colériques, j'en ai
plein mon tribunal ! Dites-moi, madame, comment
se fait-il que vous ayez trouvé la victime ?

-Ben, parce que je cherchais après lui ! répondit elle
étonnée.

-J'entends bien, mais pourquoi cherchiez-vous après lui ?

-Le spectacle était terminé et toute la troupe saluait le public qui nous rappelait sans cesse. C'était très enivrant vous savez mais moi et quelques autres étions très ennuyées car Hugo n'était toujours pas là. Bon, on savait qu'il n'aimait pas tous ces applaudissements mais si ça avait si bien marché, c'était grâce à lui. Alors j'ai fini par aller voir dehors et ……

Et elle s'effondra en larmes. Cernier la fit asseoir.

-Vous avez vu quoi ?

-Lui, je l'ai vu, accroché à la porte comme sur un crucifix, avec une lance plantée dans le ventre. Alors j'ai hurlé, hurlé, hurlé et les pompiers sont arrivés. Après, je sais plus.

Et elle refondit en larmes.

-Madame Valasseur, êtes-vous certaine que, la lance comme vous dites, était enfoncée dans le ventre de la victime ?

-Oui, oh oui !

Julia se tourna vers le major :

-Les pompiers nous ont indiqué avoir décroché la victime de la porte mais n'ont pas évoqué de lance ou de fourche encore enfoncée dans le ventre de la victime !

-Non, personne n'a évoqué cela. Sans doute le choc.

-Vous êtes sur de vous madame ?

La pauvre femme hocha la tête vigoureusement.

-Vous avez vu autre chose, quelqu'un d'autre ?

Murielle secoua la tête de droite à gauche.

-Non, personne !

Elle leva son visage ruisselant vers Julia.

-Il était si gentil, vous savez. Je l'aimais bien moi aussi.

-Pourquoi moi aussi ?

Reniflant, elle réclama un mouchoir à Cernier sans répondre.

-Du parking, derrière, j'ai vu, enfin je crois avoir vu une voiture partir, comme un pickup, avec le feu arrière droit qui marchait pas.

-Vous êtes sûr de vous. Pour le pickup ? L'éclairage était-il suffisant pour voir ce véhicule ?

-Oui, oui. Des lampadaires avaient été rajoutés. Et pour le pickup, j'en suis certaine, mon mari a le même. C'est horrible, horrible. Il était si gentil.

Tout en pleurant, elle confirma une nouvelle fois l'absence de feu arrière droit et rajouta :

-Je l'aimais bien moi aussi.

Puis elle s'effondra, nécessitant l'intervention des secours.

Le juge, l'adjudant et l'officier se regardèrent et se mirent d'accord sur la marche à suivre en privilégiant le pickup. Un vibreur résonna et le juge sortit son portable de sa poche droite. Il regarda le message et fit la moue.

-Bien colonelle, je vous laisse ; vous avez du boulot sur la planche. Vous savez où me trouver en cas de besoin. Et vu le message, je vais rester un certain temps au palais.

-Bonne soirée, monsieur le juge ; je vous tiens au courant. Au fait, vous rentrez à pied ?

-Vous avez beaucoup d'humour colonelle. Finalement, ma femme est rentrée avec une partie de l'équipe scientifique et m'a laissé son véhicule. Bonne soirée à vous.

Tandis que le magistrat s'éloignait, Julia prit Cernier par le bras.

-Vous vous occupez du véhicule, je vais essayer de recomposer la chronologie de la soirée et lire en diagonale les interrogatoires de tous ces gens selon la situation. Comme il semble que vous en connaissez quelques uns, mieux vaut que vous restiez un peu éloigné de cette scène. N'oubliez pas de contrôler le véhicule de l'entrepreneur ; C'est une priorité.

Puis, Julia leva la main vers le chef pour lui demander un instant de réflexion.

-Un problème. La compagne de la victime, vous m'avez dit qu'elle avait braqué le pickup d'un entrepreneur. Si nous parlons du même entrepreneur, il était parti puis serait revenu ! Vous comprenez ce que à quoi je pense ?

-Pas très claire cette situation. Je m'occupe du véhicule sur le champ. Au fait que fait-on de Jeanne.

-Qui est Jeanne ?

-La compagne de la victime.

-Ah oui, excusez-moi. Je vais la faire hospitaliser avec une protection.

-Pourquoi une protection ? Vous craignez pour sa sécurité ?

-Tout est possible dans l'état actuel de l'enquête.

Après un moment d'hésitation, Julia se rapprocha du chef.

-Dites-moi, chef, votre femme est dans la salle ?

-Oui, bien sur. Comme la plupart des femmes de ce secteur, elle fait partie de l'association qui a monté ce spectacle.

-Ah ! Vous avez eu le temps de la rencontrer ?

-Non, colonelle.

-Allez la rassurer. Nous nous verrons plus tard.

-Merci. Je vous appelle si je trouve quelque chose.

Sur ce, l'adjudant se dirigea vers le coin gauche de la salle alors que le colonel se rapprocha de la scène.

-Adjudant, rappela l'officier.

Celui-ci s'arrêta et fit demi -tour, perplexe et un peu agacé, vers Julia.

-La dame, Murielle, votre belle sœur, pourquoi a-t'elle dit plusieurs fois, je l'aimais bien moi aussi ?

Cernier haussa les épaules :

-Je vais demander à ma femme.

Puis il s'éloigna d'un pas lourd, trop lourd.

**\*\*\*\***

Julia Tradisi fit la moue, se retourna et fixa les gradins faisant face à la scène. Elle n'ignorait pas que tous les regards étaient pointés sur elle malgré l'effervescence et la confusion régnant dans ce lieu. Elle n'aurait su dire si son uniforme était le motif de cette curiosité ou bien son physique avenant. Peut être bien les deux. Julia savait qu'elle ne donnait pas souvent l'envie de s'approcher d'elle pour taper la conversation. Elle se dirigea vers les escaliers centraux des gradins, louvoyant entre les tables et les chaises placées ici et là par les gendarmes enquêteurs pour les interrogatoires. La salle résonnait des sons transmis par tous les témoins mais ce brouhaha n'était pas gênant en soi. Chaque gendarme créait une petite fiche sur laquelle il consignait consciencieusement les déclarations des personnes interrogées. Beaucoup d'entre elles portaient encore le costume dédié au spectacle auquel elles avaient participé. Les têtes se levaient à son passage mais personne n'osait l'interpeller. L'expression de son visage n'encourageait pas ces gens à s'adresser à elle. Ce qui l'arrangeait bien. Julia voulait s'imprégnait de cette scène de crime et ne pouvait se permettre de se laisser détourner par l'un ou l'autre de ces intervenants. Arrivée au pied de l'escalier central, cependant un très jeune gendarme interrogeant deux adolescentes accompagnées sans doute de leur maman, lui fit un petit signe de la main.

- Oui ! dit-elle d'un air peu encourageant à l'adresse du gendarme.

-Excusez-moi colonelle, mais je pense que les déclarations de ces deux jeunes filles pourraient être importantes.

-Je vous écoute.

-Voilà, présentant la gamine se trouvant à sa droite, Zoé, elle s'appelle Zoé, a entendu une discussion pendant la soirée, dans les vestiaires, entre plusieurs comédiennes, qui disaient, excusez –moi colonelle, mais je reprends ma fiche, qui disait ceci : ce connard de Stormayeur veut se faire Hugo. Autre voix : comment tu sais ça ? Reprise de la première voix : il l'a dit vendredi à la brasserie à ses potes de l'union commerciale. Autre voix : pourquoi veut-il lui faire sa fête ? Autre voix : Parce que quand il a vu que le spectacle avait reçu le soutien de tout ce qui compte dans le secteur, sauf de l'union commercial, il est allé voir Hugo pour lui proposer son aide mais Hugo a refusé, le budget était bouclé malgré le refus de l'union commercial d'y participer. Tu vois bien Stormayeur, hein, il a raconté que le projet, quand on lui a présenté, n'était pas fiable et qu'il ne pouvait pas s'engager comme ça. Hugo lui aurait rétorqué que l'association fonctionnait avec ses fonds propres et que l'aide demandée aux commerçants était exclusivement une aide physique en acceptant de communiquer et de faire de la pub. Ce que le président de l'union commercial aurait refusé.

Julia regarda Zoé avec un peu d'étonnement.

-Tu te souviens de tout ça ?

-Oui, madame, les personnes parlaient assez forts.

-Tu as quel âge Zoé ?

-Pourquoi ?

-Pour savoir, par curiosité.

-J'ai seize ans.

-Tu l'aimais bien Hugo ?

-Oui, il était super sympa, toujours gentil avec tout le monde. Quand il y avait un problème, il accusait personne, il trouvait toujours une solution. Et puis nous, les jeunes, il nous considérait comme des adultes pas comme des demeurés.

-Pas comme à la maison ?

-A la maison ? chez moi ? répondit-elle interloquée en levant les yeux vers celle qui semblait être sa mère.

Hésitante, elle reprit :

- Non, à la maison ça va bien, j'ai des parents super cool mais Hugo, c'était autre chose.

-C'était un type bien, s'exclama doucement l'autre jeune fille en pleurant.

Tradisi porta son regard sur la voisine de Zoé. Les deux ados avaient sensiblement  le même âge, le même physique, le même costume de scène. Toutes les deux pleuraient.

S'adressant à la personne semblant être leur mère.

-Madame, ce sont vos filles ? Je dis ça parce que vous les avez toutes les deux dans vos bras.

-Non, non, madame ! Zoé est ma fille et Tania est notre voisine. Elles sont copines.

-Vous faites partie de la troupe ?

-Non, seulement les filles mais je les accompagne. Elles sont jeunes et fragiles.

-Les parents de Tania ?

-Le papa est militaire. En ce moment il est quelque part en mission. Quant à la maman, elle a deux autres enfants en bas âge. Ils étaient tous les trois au spectacle.

-Tania, demanda la colonelle. Toi aussi tu as entendu ce qu'a déclaré ta copine ?

-Oui madame.

-Vous connaissez les personnes qui parlaient ?

-De vu, mais pas leur nom. Hein Zoé ?

-Oui, je crois qu'elles font partie des danseuses écossaises du spectacle.

-C'était quoi comme spectacle ?

-Euh, du folklore écossais, breton, comme ça quoi. Et aussi des costumes anglais.

-Anglais ?

-Oui, comme la garde royale à Londres. Vous voyez ?

-Oui, les Horse Guards.

Les deux gamines opinèrent de la tête.

-Elles sont encore dans la salle ?

Les deux filles se retournèrent vers la salle et balayèrent celle-ci du regard.

-Pas sur. Peut-être dans les coulisses !

-Bien, je vous remercie. Mon collègue va finir de prendre vos dépositions et ensuite vous pourrez partir. Ah oui, pas un mot de ce que vous venez de déclarer ! D'accord.

Les deux gamines hochèrent la tête. Puis la colonelle entreprit de monter sur les gradins. De là haut, Julia engloba la totalité de la salle, la mémorisa comme elle put, essayant d'imaginer l'euphorie des spectateurs alors que le principal protagoniste se faisait assassiner. Applaudissements à tout rompre, rappels, musique emportant la foule dans des délires festifs, des costumes virevoltants sous des lumières éblouissantes. La fête, une superbe fête, du jamais vu, inoubliable, une féérie comme n'en avait jamais connu un si petit village. Tous ces qualificatifs se bousculaient dans sa tête, s'entrechoquaient, se multipliaient. Et les ténèbres se sont abattues sans crier gare, déboussolant toute une communauté encore costumée.

Julia respira profondément et s'obligea à se focaliser sur la véritable destination du lieu dans lequel elle se trouvait. C'était un édifice relativement récent, particulièrement prévue pour des compétitions sportives comme permettaient de s'en assurer les terrains de basket, de hand et de volley dessinés au sol. Et pour ne pas abimer le parquet, difficile à entretenir, une moquette grise recouvrait certaines parties. Les gradins, équipés de sièges plastiques pas très confortables, permettaient de bien suivre les matchs. Un escalier central, deux escaliers latéraux. Une coursive allant de la droite vers la gauche ou dans l'autre sens, selon l'opinion de chacun, coupait les gradins en deux dans le sens de la largeur et juste en son milieu. Plus pratique pour se déplacer. Une coursive identique s'étendait sur le haut des gradins, large et protégée par une barrière métallique. De là où elle se trouvait, Julia apercevait sur sa gauche une porte donnant sur une espèce de cagibis. A sa droite, la coursive desservait un autre escalier menant aux toilettes selon les inscriptions. Face à elle, se trouvait la scène assez imposante, presque trop grande pour ce type de salle. A l'arrière de celle-ci, elle apercevait un grand jeu de rideaux qui s'étendait bien au-delà de ses côtés. Une grande agitation y était visible. Des gens montaient ou descendaient de cette estrade par un vaste escalier placé devant ou par d'autres latéraux. Des personnages apparaissaient, disparaissaient dans les rideaux. Beaucoup portaient des costumes de scène malgré la chaleur encore forte à cette heure avancée de la nuit. Du cagibi Julia vit sortir un jeune homme qui s'empressa de refermer derrière lui. Elle attendit qu'il se rapproche d'elle pour l'intercepter.

-S'il vous plait, vous avez un instant ?

Il la regarda, étonné de voir quelqu'un en uniforme assis en haut des gradins.

-Je reviens dans cinq minutes, une envie pressante, vous comprenez !

Sans plus attendre il fila vers l'autre côté amenant aux toilettes.

-C'est comment votre nom lança t'elle.

Il disparut sans se retourner.

Petit con murmura t'elle pour elle-même.

Elle sursauta quand elle entendit à ses côtés une voix rauque.

-Excusez- moi de vous avoir surprise, ce jeune homme s'appelle Julien Fidulait. Il s'occupe de tout ce qui touche le son. Il va revenir. Ne vous inquiétez pas. Il est un peu à l'ouest, comme on dit.

-Je ne m'inquiète pas répondit l'officier. Et vous êtes ?

La femme prit soin de s'assoir à sa gauche. La quarantaine, bien de sa personne, un visage sympathique mais les traits tirés.

-Je m'appelle Ayata Rodrigues. Je suis, enfin j'étais, dit elle en soupirant, l'adjointe d'Hugo. Son bras droit, si vous préférez.

-Vous semblez épuisée.

- Nous travaillions sur ce spectacle depuis huit mois, et depuis début mai, tous les jours sans relâche, le weekend, les vacances, tard le soir, voire toute la nuit. Et ça s'est terminé en apothéose dans tous les sens du terme. Comment est-ce possible, vous pouvez me le dire ?

Julia ne prit pas la peine de répondre, à quoi bon.

- Vous étiez proche de cet Hugo dont j'ignore toujours le nom ?

- Je vivais avec.

-Avec ? Et sa femme Jeanne ?

-C'est une façon de parler mais pendant ces huit mois surtout les deux derniers, j'ai passé plus de temps avec lui que lui avec sa femme.

-Vous couchiez avec ?

Ayata tourna son visage vers elle. Elle avait les yeux gris délavés et tout laissait penser qu'elle avait beaucoup pleuré. Un sourire triste apparut sur son visage.

-Vous au moins vous êtes directe. Mais c'est mieux ainsi. Et pour répondre à votre question, c'est oui et Jeanne le savait.

-Comment a t'elle prit cette situation ?

-Un peu compliqué à expliquer en quelques mots mais pour que vous compreniez bien, Jeanne et moi-même n'étions pas adversaires, au contraire, nous étions complices, très complices. Enfin, vous voyez ?

La colonelle grogna un peu.

-A quel moment avez-vous vu pour la dernière fois Hugo ?

-Un quart d'heure avant le final qui ne devait durer que dix minutes maxi mais les gens étaient tellement enthousiastes que la scène finale a duré plus que de raison, vingt cinq minutes. C'était extraordinaire mais complètement épuisant.

-Donc, quinze plus vingt cinq minutes, ça nous donne quarante minutes. Et après ?

-Après, j'ai ordonné l'arrêt du spectacle. Ce fut comme un grand feu d'artifice de musique, de lumières, d'applaudissements, de cris de joie.

Ayata se prit la tête dans les mains et pleura en silence. Julia était bien embarrassée mais comprenait cette réaction. C'était souvent la même dans toutes les enquêtes qu'elle menait depuis bien des années. Et elle ne connaissait toujours pas le secret pour éviter ces situations toujours insupportables. Elle faisait semblant de ne pas être touchée par ces périodes de crise, ce qui la rendait exécrable aux yeux des autres.

-Il avait des ennemis ?

-Non, pas à ma connaissance. Quelques aigris, quelques jaloux comme toujours.

-Pourquoi a-t'il été assassiné selon vous ?

Ayata releva la tête et fixa Tradisi dans les yeux.

-Parce que c'était un type bien et des types biens, ici, vous n'en trouverez pas beaucoup voire pas du tout.

-Et votre mari, si vous en avez un ? C'est un type bien ?

-Pas de mari, enfin plus de mari depuis longtemps. Il m'a fait de beaux enfants mais il ne supportait pas la campagne. Tous les jours il montait à Paris pour travailler et un jour, il n'est pas revenu.

-Ah ! Il faisait quoi à Paris ?

-Ingénieur à la SNCF. Il bossait sur la rentabilité des lignes, un truc comme cela. Ça lui plaisait bien.

-En plus, il ne payait pas le train rajouta Julia.

Sans relever, Ayata répondit que c'était bien pratique.

-Vos enfants et lui, comment ça va ?

Ayata la regarda perplexe.

-J'ai dit une connerie ?

Julia se mordit les lèvres pensant avoir appuyé sur ce qu'il ne fallait pas. Souvent dans les séparations, les rapports enfants- parents étaient plutôt compliqués. Mais bon, de temps en temps, ce type de bévue déclenchait des réactions permettant de changer l'orientation d'une enquête. Les êtres humains étaient imprévisibles et désarçonnant.

-Non, non, excusez moi. Mon mari me disait vers la fin, avant qu'il ne disparaisse, qu'il allait passer chef de projets sur un truc de tgv mais qu'il allait devoir partir plus souvent et plus longtemps. C'était sur la construction d'une ligne tgv entre l'Italie, la France et l'Allemagne, je crois. Alors le jour où il n'est pas revenu, j'ai pensé que ce projet l'avait retardé. C'était un très gros chantier. Et puis non. Le lendemain du jour où il aurait du revenir, les ressources humaines m'ont appelé pour me dire qu'il s'était suicidé. J'étais abasourdi. J'ai demandé si c'était à cause du projet sur lequel il travaillait. Ils m'ont dit non. Ils ne comprenaient pas. La veille de leur appel, il a quitté son bureau comme d'habitude et, elle hésita, à la gare, il s'est avancé vers un train entrant et s'est jeté sous les roues de la motrice. Comme ça, avec sa mallette, son cartable quoi.

Les deux femmes restèrent silencieuses un moment puis Ayata reprit.

-Dans son bureau, ils ont trouvé une lettre dans laquelle il s'excusait mais qu'il n'en pouvait plus. Pas un mot pour moi et encore moins pour les enfants. Ils ne connaissent pas cette lettre d'ailleurs. Ni le suicide. A la SNCF, ils ont été très bien, ils ont déclaré qu'il avait fait un malaise et était tombé accidentellement sur la voie. Comme cela, je touche toujours une partie de son salaire.

-Plutôt sympa.

-Oui. Avec le recul, je pense que c'était un type bien, comme Hugo.

-Je comprends pourquoi il n'y a pas beaucoup de types biens par ici; S'ils se suicident ou se font assassiner, ça bloque quand même les vocations.

Cette réflexion inattendue fit sourire Ayata.

-Mais bon, ça ne fait pas avancer mon enquête.

-Vous êtes officier de gendarmerie ?

-Oui. J'ai le grade de lieutenant-colonelle quand je travaille dans le secteur alloué aux  gendarmes et celui de commissaire divisionnaire quand je bosse chez les flics. Je ne suis qu'un prototype mis en place après cette fameuse grogne des, Julia hésita, des services de sécurité de la République. Et je n'ai qu'un patron, le préfet même si la hiérarchie gendarmesque ne rate jamais une occasion pour me rappeler de qui je dépends et à qui je dois ma carrière.

-Hiérarchie gendarmesque, ça fait un peu cauche-mardesque.

-C'est comme cela que je le ressens.

-Et avec la police ?

-Plus simple, il suffit d'être compétente et savoir coller deux ou trois pains à quelques malotrus.

- Et pour bosser sur le terrain ? Pas trop compli-qué ?

-Non, en fait personne ne sait comment s'adresser à moi, donc cela me convient.

-Vous portez l'uniforme traditionnel des gen-darmes. C'est bizarre, plus personne ne le porte sauf pour les cérémonies.

-Je déteste leurs nouveaux uniformes ; aucun style, en plus, le mien me fait un gros cul, alors je m'abstiens de le mettre.

Ayata se mit à rire doucement.

-Vous êtes quand même un drôle de personnage, très directe.

Julia ne répondit pas. Même pas une grimace. Puis, s'adressant à Ayata :

-Vous semblez habituée de parler des gendarmes ?

-Mon père, comme toute sa famille, était gendarme. Adjudant. Et vous ? Vous êtes gendarme par vocation ?

-Je suis née dans une famille de militaires, tous plus gradés les uns que les autres, mon père et mes trois frères. Bon, ils sont tous médecin militaire mais quelle plaie. Ma mère aussi était médecin dans l'armée.

- Les réunions de famille doivent être exaltantes !

-Oui, c'est vrai car ils sont ou étaient, pour mes parents je parle, ils étaient toujours en mission. Je connais toutes les opérations chirurgicales pouvant être effectuées sur le terrain. Ils ne parlent que de ça. Alors quand j'en ai marre, je leur parle de mes enquêtes et de mes conquêtes. Cela calme le jeu. Ils sont quand même adorables mais chiants. En même temps, ils sont très humains.

Julia avait ajouté cette réflexion en la regardant dans les yeux.

-Comme vous sans aucun doute.

-Et vous Madame Rodrigues? Que faites-vous dans cette vie ?

-Prof de lettres. En arrêt maladie depuis que, depuis le décès de mon mari. Depuis plus d'un an. Je me suis plongée corps et âme dans cette association, dans ce spectacle, en espérant reprendre pied. Avec Jeanne et Hugo, j'oubliais tout, je revivais mais tout vient de nouveau s'effondrer.

Tradisi pensa apercevoir de la colère dans les yeux de la jeune femme et détourna, gênée, le visage.

-Ah, je dois vous laisser, l'adjudant Cernier me cherche. Je vous reverrai plus tard. Si vous croisez le chemin de votre petit gars passé à l'ouest, dites lui qu'il vienne me voir.

Ayata prit un air interrogatif et quand elle comprit le message elle fit un sourire accompagné du pouce levé en l'air.

Julia descendit l'escalier central et croisa l'adjudant Cernier à mi-chemin. Tous deux s'assirent sur les gradins, loin des autres mais dans un calme relatif.

-Alors ?

-Rien. Personne n'a vu la victime s'éloigner ou disparaître. La fête battait son plein et tous semblaient enivrés par la réussite inespérée de cette soirée. Moi aussi d'ailleurs.

-Vous étiez là ?

-Oui. A l'ouverture de la salle, la moitié des gradins étaient vides. Seules les familles des comédiens s'étaient déplacées. Puis très vite, tout s'est rempli. Dès les premières danses, ça s'est propagé à la vitesse de la lumière. Les gens pensaient que ce serait une soirée associative, un peu chiante quoi.

-Mais non intervint Julia. Ce ne fut pas le cas.

-Exact. Dès les premières mesures, on voyait que c'était différent. J'ai du mal à expliquer, mais la musique, les costumes, les jeux de lumière et les gens sur scène et ailleurs, c'était très prenant. Vous savez, c'est le genre de soirée à laquelle tous les gendarmes espèrent échapper. Je suppose qu'en ville avec la police, c'est pareil.

-Je vous l'accorde.

-Alors, j'avais décidé de m'y coller avec deux autres gendarmes. Mais au bout d'un quart d'heure, il a fallu rappeler toute la brigade et celles d'à côté. Il y avait des voitures partout. Pour nous c'était l'apocalypse, surtout que c'est mal éclairé à l'extérieur.

-ça, j'avais remarqué. Et, vous expliquez comment cet engouement ?

-Pour le spectacle ? Je ne sais pas. Quant à lui, je ne le connaissais pas personnellement mais il semble qu'il avait un certain envoutement.

-Au fait, tout le monde me parle de cet Hugo mais je ne connais toujours pas son nom de famille ?

L'adjudant la regarda étonné.

-Vraiment pas ?

-Et non chef. Alors, éclairez-moi s'il vous plait. Comment se nomme la victime ?

-Parmentier, Hugo Parmentier.

-Vous pouvez m'en dire plus ?

L'adjudant sortir un petit carnet noir de la poche supérieure gauche de sa vareuse. Il l'ouvrit précautionneusement, évitant d'écorner les pages. Après l'avoir feuilleté, il parcourut les lignes inscrites sur différentes feuilles, d'une écriture fine et limpide. A ce qu'en put voir Julia.

Aux diverses mimiques exprimées par son visage, Julia comprit que la victime devait être particulière, voire un peu étrange. Quand il s'agissait d'un quidam sans grand intérêt, aucun état d'âme n'affectionnait les enquêteurs.

-Bien, pas grand-chose mais quand même. Hugo Parmentier, trente huit ans, de nationalité française, inspecteur à la répression des fraudes, enfin à la dgccrf ou un truc comme ça, pas de casier judiciaire, inconnu des services, enfin pas vraiment.

-Comment pas vraiment, l'interrompit Julia.

-Bien, pas de casier comme je viens de le dire mais connu pour avoir participé à diverses manifestations politiques organisées par l'ultra gauche.

-C'était un ultra ?

-A mon avis, pas dans le sens habituel du terme puisqu'il n'a pas de casier mais les renseignements que j'ai récolté, disent qu'il était un activiste au sein d'une branche politique de l'extrême gauche.

-Vous avez appris ça ce soir ?

-Non, j'ai recueilli ces différentes informations au cours des mois précédents. Ce personnage est apparu dans la vie associative de ce village il y a peu, alors que personne ne le connaissait, et son envergure s'est étendue rapidement.

-Vous pensez qu'il aurait noyauté cette association au profit de son engagement dans l'ultra gauche ?

Cernier haussa les épaules.

-Allez savoir, les gens sont tellement bizarres.

-A qui le dites-vous soupira Julia. Et sa copine ?

-Une amie de ma femme. Elle habite le village depuis une dizaine d'année. Instit au village voisin. Très impliquée dans le tissu associatif local. Pas de problème particulier.

-Elle avait quand même un fusil à pompe à canon scié !

-Exact. C'est étrange. Je l'ai envoyé au labo. Il a peut être des choses à nous raconter.

Toujours dans les gradins, Tradisi fit un tour sur elle-même. Ayata Rodrigues était toujours assise tout en haut avec à ses côtés le technicien du son, revenu des toilettes. Des petits groupes animés par des gendarmes étaient disséminés ici et là sur les gradins. Dans la salle, des personnes allaient et venaient, débarrassant les tables, les chaises, démontant les décors, louvoyant avec une gêne non dissimulée, autour des tables occupées par les gendarmes interrogeant les différents acteurs présents au moment où fut découverte la victime.

Deux heures que la victime a été découverte crucifiée sur une porte de grange rapportée pensa- t'elle et pas grand-chose de plus.

Cernier observait discrètement la jeune femme pensive ; Elle était fort différente des autres officiers avec lequel il traitait habituellement. Lieutenant-colonelle de gendarmerie, ce n'était pas rien, pourtant. Si elle semblait déterminée et maître d'elle, elle laissait apparaître un certain respect pour les autres ce qui permettait au courant de passer facilement entres les divers protagonistes. Le fait que ce soit une belle femme était un atout supplémentaire mais son regard n'entrainait pas les gens à une certaine familiarité.

-Bon, chef, il se fait tard, faites le point avec vos équipes et laisser partir tous ces gens. Dites leur que nous serons susceptibles de les rencontrer les jours suivants. Avez-vous une liste reprenant toutes les personnes ayant participé à ce spectacle ?

Cernier hocha la tête en signe d'assentiment.

-Je vais rejoindre les équipes techniques dans les vestiaires. Retrouvons-nous dans une heure devant la scène si vous voulez bien.

-Bien colonelle.

Julia gravit les marches centrales de la scène, la traversa et écarta le rideau cachant le fond de celle-ci. Elle se retrouva face à la bande jaune utilisée par la gendarmerie pour délimiter une scène de crime. Un technicien rassemblant son matériel se retourna après avoir entendu le froissement du rideau.

-Bonjour colonelle, vous pouvez avancer. Nous avons terminé.

Julia souleva la bande et se rapprocha de l'homme encore vêtu d'une combinaison blanche.

-ça ne va pas donner grand-chose pour les empreintes ; il y en a partout en nombre infini. Nous avons quand même procédé à des relevés. Il serait bien que nous puissions les comparer aux empreintes des gens présents mais cela risque de prendre un sacré bout de temps. Mes collègues auront peut être eu plus de chance avec la porte et la fourche utilisée pour tuer ce malheureux.

-Hum ! Je vous ferai parvenir la liste des noms dont les empreintes pourraient nous aider plus précisément.

-Vous avez des pistes ?

-Pas précisément, il y aurait, semble- t'il, quelques cocus, quelques jalousies et peut être une piste sur l'ultra gauche politique ; mais sans grande conviction.

-D'accord ; faites-moi parvenir tout ça et je vous tiendrai au courant au fur et à mesure des résultats.

-Merci.

Tournant la tête de la droite vers la gauche, Julia demanda si les coursives faisaient toute la longueur de la salle.

-Oui. Tout à fait. C'est assez impressionnant pour un spectacle rural. Des vestiaires, des salles de maquillage, des salles de repos, des douches et des toilettes chimiques ont été installés sur toute la longueur. Exprès pour ce soir ! Ils devaient avoir un sacré budget. En plus, tout est sécurisé par des caméras.

-Caméras ?

-Oui ; partout, dans toutes les pièces, même les vestiaires, le tout relié à un ordinateur central par wifi.

-Où est cet ordi ?

-Dans le cagibi situé en haut des gradins.

Le technicien voyant changer le visage de l'officier, s'empressa de lui dire qu'il était déjà sous scellé.

-Vous avez rencontré le jeune homme gérant le son ?

-Euh oui. Enfin pas moi mais l'un de mes assistants accompagné d'un collègue en tenue. Le gamin qui fait office de technicien du son semblait peu enclin à coopérer. Nous n'en avons pas tiré grand-chose, mais nous avons la boite.

-Intéressant. Merci pour votre travail. Tenez- moi au courant surtout pour les caméras. Peut-être nos assassins apparaissent-ils dessus. Je vais visiter les coulisses.

Tradisi se mit dos à la scène. Sur sa gauche, un couloir donnant sur une porte de sortie de secours. Sur sa droite, un couloir identique mais pas de porte de secours. Normalement l'autre côté de la salle donnait sur l'ouverture à l'arrière du bâtiment et donc sur la porte en bois du crime. Elle décida de commencer par la droite. Tout était fabriqué maison. De grandes plaques de contreplaqué isolaient complètement ces coulisses de la salle créant un couloir. De l'autre côté, des portes au nombre de dix qu'elle entreprit d'ouvrir méthodiquement. A l'intérieur de chaque loge, des cartons fermés, une penderie à laquelle des costumes de scène étaient suspendus, des bancs en bois, une table de petite taille également en bois et au sol, une moquette poil ras de couleur beige. Tout était scrupuleusement rangé et pas un papier gras ne trainait. Au fond, les deux dernières portes étaient consacrées aux toilettes et aux douches.

Puis elle partit dans l'autre sens et découvrit le même mobilier et le même état de propreté. Arrivée au bout du couloir, elle fit face à la porte de sortie située sur la droite et donc invisible du couloir. C'était l'issue de secours originale.

Bien pratique pour ne pas être vu des personnes se trouvant dans le couloir. Mais elle n'avait pas aperçu ces fameuses caméras. Troublée, elle revint vers la scène espérant que le technicien se trouvait encore là. A ce moment précis, elle le vit apparaître très ennuyé.

-Excusez-moi madame, mais j'ai omis de vous indiquer l'endroit où étaient placées les caméras.

-C'est justement ce que j'allais vous demander.

Le technicien lui fit signe de le suivre et ouvrit la première pièce.

-Voyez, dit-il en tendant le bras vers le haut, la caméra est placée sur la barre du milieu qui stabilise les parois en placo. Elle ressemble à une alarme incendie. C'est une caméra à trois cent soixante degrés, ce qui fait que rien ne lui échappe ; En plus l'éclairage est fixé sur les côtés, l'empêchant de nuire à une bonne visibilité.

-D'accord, d'accord. Et il y en a une dans chaque pièce ?

-Dans chaque pièce et trois dans le couloir.

-Le responsable de la sécurité devait être un maniaque.

-Euh, mon colonel, je pense que c'était plutôt du voyeurisme.

-Hum ! Je suis bien d'accord avec vous. Avant de visionner ce que ces caméras vont nous révéler, je vais aller tirer les oreilles de ce jeune homme.

Julia écarta les rideaux pour pouvoir pénétrer sur la scène. Au milieu de celle-ci, elle s'arrêta visualisant le spectacle s'offrant à elle. Personne ne pouvait ignorer ce qui se passait sur cette même scène tant elle était bien située. Tous les gradins lui faisaient face et il restait à peu près un écart de cinquante mètres entre le bas de la scène et eux.

Apercevant Ayata et le technicien à ses côtés en grande discussion, elle décida de les rejoindre avant que le gamin ne se défile une nouvelle fois.

Le remue - ménage dans la salle avait à peu près disparu et ils ne restaient que les gendarmes ayant procédé aux interrogatoires et occupés à mettre leurs notes au propre. Personne ne fit attention à elle. Il se faisait tard et tous accusaient une certaine fatigue.

Le technicien du spectacle fut surpris quant il sentit la main de la gendarme se poser sur son épaule gauche.

-Vous êtes bien nerveux jeune homme.

C'était plus une affirmation qu'une question.

-Ce drame a beaucoup secoué Julien, indiqua Ayata.

-J'en conviens. Dites-moi un peu, où étiez-vous les dix dernières minutes avant la fin du spectacle ?

-Ben, dans la salle du son. C'est le moment le plus stressant car il ne faut pas rater le coup. Beaucoup de musique en même temps, des applaudissements à tout rompre, des cris de joie, enfin tout.

-C'est vous qui envoyait la musique ?

-Oui. J'avais installé plusieurs platines pour pouvoir suivre en temps réel tous le diagramme prévu par Hugo. Je lui avais promis une fin en musique grandiose et c'est ce que j'ai fait. Vous pouvez demander à tout le monde, hein Ayata.

Rodriguès hocha la tête pour confirmer les dires du jeune homme.

-Tu as été vraiment super Julien.

-Je lui devais bien ça.

-Vous travaillez seul pour tout le spectacle ? Ce doit être extrêmement prenant et épuisant ?

-Je préfère travailler seul. Au début, une fille m'aidait mais j'ai arrêté de l'employer car il fallait que je surveille en plus ce qu'elle faisait. De toute façon, ça ne l'intéressait pas.

-Et pourquoi dites-vous que vous lui deviez bien ça.

Julien la regarda un peu étonné, réfléchit une seconde.

-Ben, c'est pas donné que, enfin c'était la première fois qu'un adulte me faisait confiance.

-Ouais, bon. En plus d'envoyer la musique, c'est vous qui contrôliez les micros, les prises de son.

-Oui, je faisais tout ce que fait un ingénieur du son ricana t'il bêtement

-Attention mon petit Julien, ne me prenez pas pour une bille. Je pose les questions qui me viennent en tête au fur et à mesure des explications et des situations que je rencontre. J'ai un crime à élucider et je n'ai pas le temps ni l'envie de supporter les états d'âmes de qui que ce soit. Compris ?

Julien approuva de la tête.

Ayata tapota le genou droit du gamin.

-Cà va aller Julien.

Puis s'adressant à Julia :

-Je me porte garante de lui, colonelle.

-D'accord mais il faut que je vous parle, madame Rodriguès. Julien, tu peux rentrer chez toi, je te verrai sans doute bientôt. A propos, les personnes qui avaient un texte à dire gardaient leur micro sur elle tout le temps ?

-Oui. Tout le monde était équipé de micro bouton et d'une oreillette. Ils devaient couper le micro dès que leur scène était terminée mais je devais souvent les rappeler à l'ordre. Ils étaient très excités et oubliaient tout. C'était un gros bordel dans les écoutes. Heureusement que je gérais toutes les coms.

-Vous aviez un sacré matériel dites donc !

-Oui, Hugo avait bien fait les choses.

-Julien, encore une question et après je te laisse partir.

Le jeune homme regarda Tradisi qui put lire une certaine anxiété dans son regard.

-Toutes les communications étaient enregistrées ?

-Oui, toutes.

-Si quelqu'un étranger à la troupe a parlé dans les coulisses, tu pouvais aussi l'entendre ?

-Normalement oui, parce que j'avais installé des micros dans les loges. Hugo m'avait demandé de faire un enregistrement du spectacle et aussi des préparatifs pour garder un souvenir.

Ayata leva la tête d'un air étonné mais se garda d'intervenir.

-Si on analyse les bandes sons, on peut savoir qui dit quoi ?

-C'est pas des bandes sons, c'est des..

-Ca va, Julien, n'en rajoute pas une couche. Alors ?

-Oui, on peut extirper chaque voix, mais cela re-présente beaucoup de travail.

-Merci, tu peux y aller.

Julien se leva et commença à descendre des gradins quand il se ravisa.

-Les gendarmes ont pris mes ordis et tout mon matériel. Ils vont pas les abîmer ?

-Non, non.

Puis Julia lui fit signe de partir d'un air exaspéré.

-Vous êtes dure avec ce gamin.

Julia se rapprocha de Ayata, à presque la toucher.

-Vous l'aimez bien ce gamin !

-C'est un bon gamin, un peu asocial, mal dans sa peau mais il s'est donné à fond pour que ce spectacle soit une réussite. On lui doit beaucoup.

-Vous lui connaissez des amis ?

-Non. Il y a bien eu cette fille qui devait lui donner un coup de main mais la mayonnaise n'a pas pris. C'était au début de la mise en route de ce projet. Il fallait donner beaucoup de son temps et cette gamine s'était pointée par curiosité.

-Julien avait beaucoup de matériel à sa disposition. Vous aviez un budget conséquent ?

-Assez oui. Je n'ai pas tous les chiffres mais une fois le budget bouclé, nous avions à peu près tout ce que nous demandions, en restant raisonnable bien sur. La trésorière de l'association devrait pouvoir vous donner tous les chiffres.

-Elle ne serait pas dans la salle ?

-Non, Katrin  gérait les fonds et ça lui prenait énormément de temps.

-Où pourrais-je la trouver ? demanda Tradisi en sortant un petit calepin de sa vareuse.

Ayata lui indiqua l'adresse et l'heure à laquelle elle pourrait la rencontrer de façon certaine.

-Merci.

Julia hésita puis appuya son index sur la cuisse droite de sa voisine qui, si elle fut étonnée de ce geste un peu familier, ne le fit pas voir.

-Ce julien que vous défendez tant, vous saviez qu'il avait installé des caméras dans toutes les loges et dans le couloir derrière la scène ?

Ayata leva ses grands yeux étonnés vers la gendarme.

-Je n'étais déjà pas au courant qu'il avait installé des micros partout mais là, des caméras !

Puis elle partit à rire, discrètement en raison de ce qui venait de se passer dans ce gymnase.

-Qu'est-ce qui vous fait rire ?

-Vous êtes sure de vous ?

-Absolument. Nous espérons d'ailleurs que tous les enregistrements ont été conservés et qu'ils sont exploitables. Alors pourquoi riez-vous ?

Devant l'air énervé de la flic, Ayata secoua la tête et, tout en appuyant le doigt de Julia toujours posé sur sa cuisse à l'aide sa main, elle lui dit clairement ce qu'elle allait surement voir.

Dubitative, Julia lui demanda si elle ne se moquait pas.

-Non, non, si ce que vous me dites est bien vrai, Julien m'a vu en train de batifoler avec Hugo et avec sa femme.

-Dans les coulisses, au risque de vous faire surprendre ?

Rodriguès ne répondit pas et au grand dépit de Julia, retira sa main de la sienne.

-Vous me raconterez ? Promis ?

Ayata lui fit un grand sourire sans lui répondre.

-Bonsoir colonelle.

Sans attendre une réponse, Ayata se leva et se dirigea vers la sortie sous le regard rêveur de Julia.

Tradisi se leva à son tour et se rapprocha de Cernier autour d'une table avec ses adjoints. Toute la salle s'était vidée.

-Rien de bien intéressant mon Colonel.

-Bien, tout le monde rentre chez soi. Nous ferons le point demain matin à la gendarmerie.

Tradisi regarda sa montre :

-Enfin, tout à l'heure. Disons 10 heures.

S'adressant à Cernier :

- Tout est bouclé ?

-Oui ; Il ne reste que la porte de secours sur laquelle je vais poser des scellés dès que tout le monde sera sorti.

-D'accord. Il est trois heures dix. Bonsoir à toute l'équipe.

****

Dimanche 4 juillet.

Huit heures.

Vêtue d'un pantalon de toile fripé, autrefois gris, d'une veste de sport à la couleur indéfinissable, portée sur un t-shirt blanc, les cheveux en désordre et les traits tirés, l'officier Julia Tradisi prenait son petit déjeuner au mess du groupement de gendarmerie où elle logeait.

La salle, d'un bleu pastel, était pratiquement vide. Julia s'était installée aux abords d'une baie vitrée donnant sur la cour d'honneur. Au milieu, trônait le mat traditionnel avec son drapeau tricolore. Quelques flaques d'eau subsistaient çà et là, brillantes et lumineuses sous un soleil déjà bien éclatant. Les roulements de tonnerre n'avaient pas ébranlé son sommeil.

Les autres personnes présentes se contentèrent de la saluer sobrement lors de son arrivée. Quelques gendarmes célibataires sans doute. Uniquement des hommes.

Seul le chef lui adressa la parole et encore pour lui demander ce qu'elle désirait boire et manger.

Alors qu'on déposait son plateau devant elle, Julia, plus pour donner l'impression qu'elle s'intéressait aux personnes pouvant se trouver sous ses ordres directs que par intérêt personnel, demanda si c'était toujours aussi calme.

-C'est un peu plus animé quand la compagnie est présente mais pour l'heure, tout le monde est en déplacement dans la capitale.

-Et eux, demanda –t'elle en désignant les autres convives présents ?

-Ces cinq là rentrent de Mayotte après six mois d'absence.

-Hum. Merci.

Le chef allait s'éloigner puis, se ravisant, lui demanda si elle souhaitait déjeuner sur place.

-Vu le nombre de gens, ce sera un buffet froid installé dans le grand réfrigérateur là-bas au coin.

-A midi ? Non, je ne serai pas rentrée mais pour ce soir, cela m'arrangerait bien.

-Ah oui, ce soir. Le mess sera fermé mais je déposerai de quoi vous restaurer à la salle de garde dans une glacière.

-D'accord, merci.

-En boisson, vous voudriez quoi ?

-De l'eau plate et un peu de vin rouge si vous avez.

-Pas de problème.

Le chef s'éloigna et Julia et entreprit de déjeuner. Café noir fumant, baguette encore chaude et croustillante, beurre, confiture et jus d'orange.

Il m'en a mis pour un régiment.

Julia prenait son temps, s'évitant de penser à l'affaire criminelle de la nuit sachant que les gendarmes locaux n'étaient pas très pressés de la voir arriver. Surtout un dimanche.

La bouche pleine de pain, un peu de confiture de fraise dégoulinant sur sa lèvre inférieure, elle leva la tête en entendant la nouvelle arrivée saluant toute la salle. Une jeune femme au physique sportif mis en valeur par un jogging aux couleurs vives carrément collé à sa silhouette s'était arrêtée au milieu de la salle. Elle semblait effrayée par ce qu'elle voyait.

Elle s'apprêtait à faire demi- tour quand Julia l'appela.

-Oh, oh, venez.

Elle lui désigna la chaise vide en face d'elle.

La fille hésita, regarda les cinq collègues mâles qui ne la quittaient pas des yeux puis prit place en face de Julia.

-Bonjour ! Vous vous appelez comment ?

-Eléonore Dulaunoy.

La jeune femme avait prononcé son nom presque dans un murmure.

Ses yeux bleus clairs racontaient toute la misère semblant être posée sur ses épaules.

-Un café ?

Elle allait répondre quand le chef arriva pour prendre sa commande.

-Un café et du pain demanda- t'elle timidement.

Le chef lui fit un grand sourire et partit lui préparer son plateau.

-Vous êtes en poste ici ?

-Oui, répondit- t'elle dans un souffle. Je suis arrivée ici avec la nouvelle promo d'officiers, il y a six mois. Je suis lieutenant.

- Vous patrouillez ?

-Non, le capitaine Froquart ne veut pas. Il dit que ma place est dans un bureau pas sur la route.

-Ah. Je n'ai pas encore rencontré le capitaine. Je ne suis arrivée qu'avant-hier.

-Il est en vacance jusqu'à lundi.

Dulaunoy n'eut pas besoin d'en dire plus. Julia avait compris. Après un grand soupir de désolation, elle reprit la parole :

-Je me présente, lieutenant-colonelle Julia Tradisi. Je suis sensée diriger le département, enfin la légion, mais en fait je ne m'occupe que des affaires criminelles. J'en conviens, c'est compliqué à comprendre mais ça me va bien. Vous vous plaisez dans la gendarmerie ?

Avant que son vis-à-vis lui réponde, elle répliqua.

-Question idiote. Ça se voit sur votre figure que vous ne vous plaisez pas  dans ce corps, toutefois ici. Vous n'aviez pas conçu la vie de gendarme comme celle que vous vivez actuellement ?

- C'est ça !

Elle allait en dire davantage quand le chef lui amena son plateau.

-Merci chef.

-Bon appétit.

Eléonore regarda son plateau d'un air malheureux. Sans grand appétit.

-Vous travaillez aujourd'hui ?

-Non, je suis en repos.

Julia la regarda puis entreprit de lui verser du café et de lui beurrer un morceau de pain.

-La confiture de fraise est très bonne. Allez, mangez.

Julia se resservit une nouvelle tasse et beurra un autre morceau de pain. La bouche pleine elle demanda à la jeune femme ce qu'elle comptait faire ce dimanche. Devant l'absence de réponse et les larmes qui se mirent à couler de ses yeux tristes, elle lui proposa de venir avec elle.

-En civil, avec des fringues qui passent partout. Il devrait faire chaud. Rendez-vous dans, Julia regarda sa montre, quarante cinq minutes devant le poste de garde. Ok ?

-D'accord madame.

-N'oubliez pas votre arme de service et votre commission d'emploi.

Julia lui fit un sourire chaleureux et lui tapa sur l'épaule.

-A tout à l'heure.

Puis elle partit emportant son plateau qu'elle déposa sur le comptoir.

En sortant de la salle, elle dit au gérant qu'elle en avait marre de voir pleurer les gens.

-Froquart lui en fait voir de toutes les couleurs pour qu'elle parte d'elle-même. Et il revient demain. Pas très bon pour le moral de la petite.

****

Dix heures du matin

Tradisi se trouvait déjà à l'intérieur de la Renault Mégane de service mais côté passager avant. Eléonore marqua un instant de surprise puis, devant son sourire énigmatique mais chaleureux, elle fit le tour du véhicule et prit place derrière le volant.

-Bonjour colonelle hésita la jeune femme, peu sûr d'elle-même sur la formule à employer.

-Bonjour. La douche était bonne ?

Sans attendre de réponse elle lui intima l'ordre de démarrer et l'informa de la direction à prendre.

-Au fait, appelez- moi Julia. Enfin, entre nous. Je compte sur vous pour trouver la bonne appellation devant les autres.

-D'accord, puis après un blanc, elle ajouta Julia.

-Vous n'avez pas un petit nom parce que Eléonore, c'est un joli prénom mais un peu long, pas pratique.

Tradisi regarda le profil de sa conductrice qui elle, ne quittait pas la route des yeux.

-Mes amis m'appellent Elé. Vous pouvez m'appeler comme cela si ça vous va.

-Très bien. Vous avez donc des amis ?

-Pas ici, malheureusement.

-Ah ! Bon, nous allons à la gendarmerie du lieu du crime, vous connaissez ?

-Oui bien sur ; tout le monde ne parle que de ça, bien que cette affaire ait eu lieu hier soir.

-Et vous en pensez quoi ?

-Euh ! La jeune femme regarda Julia de façon éton-née.

-Regardez la route quand même, ce sera mieux.

La gendarme devint toute rouge.

-Oui, oui ; excusez-moi.

-Alors ?

Cette fois-ci, sans quitter la route des yeux, Eléonore répondit que tous les gendarmes pensaient que c'était une affaire de cul dans le trou du cul du monde, entre cul-terreux.

-Excusez-moi pour ces propos grossiers mais c'est ce qui se dit.

-Raisonnement d'une très grande finesse de la part de vos collègues.

-Pour ma part, continua la jeune femme, je suis née en Bretagne, dans un port de pêche dans lequel il n'y avait pas de paysans mais quand même quelques règlements de compte pour des affaires de tromperie. Les hommes étaient souvent partis en mer bien sur et les mauvaises langues allaient bon train.

-Avec des meurtres à la clé ?

-Non, quelques coups par ci par là mais jamais de morts.

-Dans notre cas, c'est assez morbide. Et inhabituel comme procédé. Ca fait très ruralité profonde. Porte de grange, fourche servant à priori pour le foin, petite fête associative sans prétention même pas couverte par la presse locale. J'aurai préféré une jalousie stupide réglée à coups de fusil de chasse. C'est plus efficace et plus simple à résoudre. Là, il va falloir remuer ce qu'il y a de plus noir au fond de l'âme humaine de certains individus.

Puis, passant du coq à l'âne, Julia lui demanda si elle avait un petit ami ?

-Non, pas de fiancé, ni de petit copain.

-Une copine peut être ?

Julia vit un sourire se dessiner sur son visage.

-Non, non, enfin…

-Ce ne serait pas pour vous déplaire ?

-Vous …

-Julia, appelle- moi Julia. Et je pense que tu préfères les filles. Excuse-moi pour ma franchise mais comme ça il n'ya pas d'ambigüité entre nous. Ca te va ?

Elé hocha la tête et Julia vit un nouveau sourire se dessiner sur son visage.

Julia reprit :

-Les mecs, j'aime bien mais avec eux, pas de dou-
ceurs. Ils ne comprennent rien à rien même si on se
laisse abuser au début par leur comportement. Bon,
il y en a des biens, mais ce n'est pas mon truc finalement.

Eléonore ne répondit pas. A l'entrée du village, elle
ralentit et demanda la route à suivre.

-La gendarmerie se trouve à la première à droite.
Tu préfères donc les filles ?

-Les filles ! Ah oui, je vois. Excuse-moi mais je n'ai
pas l'habitude. A la brigade, c'est très macho. Je fais
semblant de leur faire croire qu'ils me plaisent pour
qu'ils me laissent tranquille. Si jamais ils apprenaient
que je préfère les filles…

Eléonore resta un peu pensive.

-Les filles ! Comme tu viens de le dire, reprit Julia,
moi aussi J'aime bien les filles parce qu'elles sont
plus douces mais je ne sais pas. C'est un peu compliqué !

Eléonore gara le véhicule dans la cour de la gendarmerie. Avant de descendre, Julia lui prit doucement le bras.

-J'espère ne pas t'avoir choqué en parlant comme ça ?

-Non, non, moment d'hésitation, pas du tout. Au contraire. Cela faisait longtemps que je ne m'étais pas sentie aussi bien.

Eléonore avait dit cela en ayant posé son regard sur celui de Julia.

Dans un sourire, Tradisi lui répondit que c'était réciproque.

-Entre nous, tutoyions-nous ! D'accord ?

-D'accord.

Puis les deux femmes pénétrèrent dans les locaux.

Le chef Cernier les invita à prendre place dans la petite salle révolue aux réunions internes et après les présentations et le petit café, il expliqua à sa supérieure ce qu'il en était de ses pérégrinations.

-Deux points importants, le pickup du chef d'entreprise qui a manqué de se prendre une balle par la compagne de la victime a bien le feu arrière droit grillé. Ensuite, la porte en bois vient d'une ferme proche de la salle. Avec l'adresse du propriétaire encore visible !

-Bien chef, beau travail. Qui est donc le proprio de cette porte et ses liens avec le chef d'entreprise demanda Julia ?

-Il s'agit de Gabriel Dassonville. Il est un peu limité, si vous voyez ce que je veux dire.

Tradisi hocha la tête.

-Et sa ferme appartient au chef d'entreprise dont nous parlons. Ce n'est pas vraiment une ferme. Quelques volailles, deux, trois cochons. Du matériel agricole vieillissant et mal entretenu. Un tracteur équipé d'une fourche stationné dans la cour.

-Vous l'avez interrogé ?

-Non, il est encore tellement ivre que nous n'avons pas réussi à le réveiller. J'ai laissé deux hommes chez lui.

-Et l'entrepreneur ? Loquace ?

-Pas très coopératif. Nous l'avons trouvé au volant de son véhicule, garé à l'arrache sur un terre-plein. Les yeux dans le vague. N'a pas réagi à nos questions. Mes hommes ont appliqué la procédure en pareil cas et le test anti-alcoolémie s'étant révélé positif, ils l'ont embarqué. Il est en cellule de dégrisement et son véhicule va être transféré ici.

Cernier frotta son visage de sa main droite, visiblement éprouvé par cette histoire.

-Pas au courant pour la porte de grange, puis, dans sursaut, il nous a indiqué vouloir attendre son avocat pour répondre à d'autres questions.

-Quel était son comportement, agacé, inquiet, nerveux ?

-Non, très calme ; il avait une sacré gueule de bois.

-Ah, lui aussi. Quoique, au moins, il était réveillé. Il n'a rien dit pour la menace avec arme à son encontre ?

-Non, il n'a fait aucune allusion à ce sujet. D'ailleurs ça ne lui ressemble pas, il est plutôt sanguin. Sans doute sa gueule de bois.

-Mouais ! Pas de nouvelles du médecin légiste ?

-Non. Il est encore tôt.

Julia se leva de sa chaise, se dirigea vers l'unique fenêtre occultée par un volet roulant. Elle entreprit de tirer sur la sangle prévue à cet effet et ouvrit la fenêtre. Un souffle d'air frais pénétra dans la salle. Pas de paysage campagnard, mais, là aussi, la cour intérieure du casernement.

-Pas folichon comme paysage. Bon, chef, il va falloir accélérer nos investigations. Je vous charge d'aller chercher l'entrepreneur et l'idiot du village. Pas de contact entre eux évidemment. Si le proprio de la porte n'est pas réveillé, embarquez le et mettez le en salle de dégrisement. Pour l'avocat, dès qu'il arrive, mettez le à l'écart le temps que j'intervienne. Laissez le mariner d'autant plus qu'il était dans le pickup. Appelez les gars des services techniques, voir où ils en sont. Je retourne à la salle, besoin de voir à quoi cela ressemble la journée.

Tradisi regarda sa montre fixée à son poigné droit.

-Il est onze heures. Je serai de retour dans une heure, à peu près.

-Bien mon colonel. Deux hommes montent la garde devant la salle. Ils ont les clés si vous voulez y pénétrer.

-Bien chef. Merci. Au travail.

Tradisi fit signe à Eléonore et les deux femmes quittèrent la gendarmerie. Elles restèrent silencieuses tandis qu'elles roulaient jusqu'à la salle qui se trouvait proche de la gendarmerie. Une fois sur place, Julia demanda à Elé de ne pas descendre.

-Un instant.

La jeune femme ne bougea pas, attendant que l'officier prenne une décision. Puis, celle-ci sortit son portefeuille de la poche intérieure de sa veste et lui demanda d'aller acheter une dizaine de sandwichs voir plus selon le nombre de collègues, si possible avec beaucoup de verdure et autant de bouteilles d'eau.

-A ce que j'ai réussi à voir en si peu de temps, ce patelin possède deux boulangeries. Ce serait bien le diable si tu n'arrivais pas à nous dégotter de quoi manger. Utilise ta fonction si nécessaire et préviens-moi en cas de problème.

Julia allait sortir du véhicule quand elle se ravisa.

-Ouvres bien tes oreilles, peut-être entendras-tu des choses intéressantes. Après tout, tu es un flic, alors fais ton métier.

-D'accord. Je garde la voiture ?

-Oui, oui. Bien sur. Ah, donne-moi ton numéro de portable. Que l'on puisse se joindre. C'est quand même mieux.

L'officier quitta la voiture de service et se rapprocha des deux gendarmes postés devant l'entrée de la salle des fêtes. Les deux agents la saluèrent en la voyant arriver. Ils échangèrent quelques amabilités sur la météo du jour puis Tradisi pénétra dans la salle.

-Si vous avez besoin de quoi que ce soit, nous sommes à votre disposition.

Julia les remercia, entra et referma soigneusement la porte derrière elle. Le soleil pénétrait par toutes les baies vitrées dont les rideaux n'avaient pas été tirés. Des chaises, des tables, des bancs traînaient en désordre entre la scène et les gradins. Peu de papiers gras ou autres, pas de canettes en vrac comme d'habitude après un spectacle. Pourtant, la soirée avait été mouvementée suscitant de nombreuses allées et venues. Tradisi déambula au milieu de ce léger bazar, ramassant çà et là des chaises.

Elle en redressa une et s'assit à califourchon. Les bras croisés sur le dossier, elle regarda pensivement les gradins vides, son regard allant doucement du bloc technique vers la sortie en haut sur sa gauche. Elle repensa à Ayata Rodriguès, amie très intime du couple plongé dans cette tragédie, du gamin en charge de la technique. Elle n'avait pas encore rencontré la trésorière, l'entrepreneur et …. Elle redressa la tête en fixant la scène.

Il manquait des pièces à cet ensemble, celui ou ceux qui avaient installé la scène, les coulisses et les personnes chargées de la sécurité. Pour l'instant, elle n'avait pas grand-chose à se mettre sous la dent.

104

Fallait relancer la machine tout de suite avant que tout ne s'efface avec le temps. Les souvenirs disparaissent rapidement surtout les mauvais et les gênants. Quant à l'imagination des témoins, elle était infinie.

En premier lieu, rappeler les services techniques de la gendarmerie et le légiste. Les enregistrements photos et les bandes son devraient amener quelques éclaircissements.

Tradisi se leva et gravit l'allée centrale des gradins. Elle prit place au milieu, jeta un œil circulaire sur l'ensemble du gymnase face à elle et sortit son portable.

Bien qu'étant un dimanche, elle obtint les services techniques au premier appel.

-Bonjour Colonelle, je m'apprêtais à vous appeler.

-Vous avez réussi à tout décrypter ?

-Décrypter, c'est un bien grand mot. Chacun des fichiers étaient protégés par un mot de passe fourni sans difficulté par le gamin qui gérait la partie prise de son et d'images du spectacle.

-Il a collaboré facilement ?

-L'adjudant Cernier n'a eu aucun mal à les récupérer.

-Bon, c'est un bon point pour ce gamin. Avez-vous pu voir des choses intéressantes ?

-Les enregistrements du son sont plutôt impeccables et nous pourrons extraire différentes bandes si vous le souhaitez. Par moment, c'est un peu le capharnaüm mais tout est relativement clair.

-D'accord et pour les images ?

-Pareil ; les images sont correctes. Et….

-Et ?

-Comme prévu, c'est du voyeurisme. On voit les comédiennes s'habiller, se changer. Les femmes et les quelques hommes sont chacun dans un endroit différent. Enfin, peu d'hommes, plutôt des gamins. Jusque là, c'est sage hormis le fait que les caméras filmaient des filles de tous âges. Enfin vous me comprenez.

-Oui, oui, je vois et puis ?

-Parmi les filles, quelques couples s'étaient formés sans aucune erreur possible. Ca ne concerne quand même que des jeunes filles et des jeunes femmes. Pas de gamines dans le sens pédophile. Et ces rapprochements se faisaient à des horaires où il n'y avait pas grand monde dans la salle. En parlant d'horaires, des relations très poussées sont finalisées à des horaires très tardifs. Aucune équivoque possible. Le gamin devait se régaler.

-Au vu des vidéos, vous pensez que les, disons acteurs, savaient qu'ils étaient filmés ?

-Au début non, mais sur les dernières vidéos, je dirais oui. Au moins pour certains.

-Auriez-vous vu des personnages inhabituels selon les lieux ?

-Je vois ce que vous voulez dire. J'ai examiné en priorité les scènes se déroulant autour de l'heure approximative du crime. On aperçoit trois hommes qui, semble- t'il, n'ont rien à faire là. Ils apparaissent dans le couloir central des loges mais se font reconduire rapidement par ce qui semble être un vigile.

Ce personnage ressemble à un vigile mais je ne peux le confirmer. Nous essayons de le trouver sur d'autres images. Pas de trace de violence plutôt un sentiment d'énervement. Mais visiblement ils ne sont pas les bienvenus. Parmi eux, on aperçoit un, comment dire..

-Un pinpin lui souffla Julia.

Le technicien eut un petit rire et confirma.

-Je vous fais parvenir les vidéos sur le lieu du crime ?

-Euh, non. Je n'aurais sans doute pas le temps de les visionner. Vous pouvez me les transmettre à la caserne ? Au poste de police ?

-Pas de problème. Vous avez de quoi visionner ces vidéos ?

-J'ai mon ordi portable !

-Ah. Pas de lecteur de CD. Je transfert le tout sur des clés USB ! Et je les fais déposer par un service. Actuellement, le réseau est trop faible pour les transmettre par le net. Cela vous convient ?

-Ok, très bien comme ça. Vous m'avez dit que vous avez vu un vigile ou tout au moins une quatrième personne.

-Oui, oui. Avec les trois individus.

-Vous pourriez transférer sur mon smartphone uniquement la scène ou les quatre personnes apparaissent ?

-Aucun problème Colonelle. Si je peux améliorer la photo, je vous enverrai un message. Je fais ça tout de suite.

-Merci. A plus tard.

Tradisi fulminait. Un vigile ! Et personne ne lui en avait touché mot. Cernier n'était peut être pas au courant mais les autres ! Rodriguès par exemple, bras droit de la victime !

Bon, en attendant le transfert des images, Julia appela la légiste.

Une voix ensommeillée lui répondit au bout de la cinquième sonnerie.

-Excusez-moi docteur, vous dormez au boulot ?

-Ah, colonelle, quel bon vent ? Désolée, je m'étais un peu assoupie. Mais je ne dors jamais sur mon lieu de travail rajouta le docteur en riant.

-Pour quelqu'un qui a bossé toute la nuit, vous avez un rire très léger et sympathique.

-Merci colonelle. Mon mari de juge m'a dit le plus grand bien de vous quand il est passé me voir cette nuit.

-Il ne m'a pourtant pas côtoyé fort longtemps mais vous le remercierez de ma part. Mais c'est peut être parce qu'il est passé vous voir que vous êtes fatiguée.

-Ah, vous êtes bien un flic pour insinuer des choses inavouables. Mais non, rien, professionnel jusqu'au bout.

-Lui ou vous ?

-Ben lui. Pour ma part, j'espère que nous ne sommes pas sur écoute, une petite gâterie ne m'aurait pas déplu.

Sur ce, la légiste se remit à rire.

-Bon, un peu de sérieux. Vous m'appelez pour notre victime.

-C'est tout à fait cela.

-Vous allez trouver cela étrange, mais notre homme ne s'est pas défendu. Il n'était ni drogué, ni alcoolisé. Rien. Il s'est laissé assassiner après s'être laissé crucifier. Pourtant, là, il a du avoir mal. C'est peut être la douleur que l'on peut lire sur son visage encore que..

-C'est bien étrange. Il s'est laissé enfourcher dans le ventre comme ça ?

-Oui. Voilà. Je vous transmets mon rapport à la caserne ?

-Oui, si cela ne vous dérange pas.

-Pas de problème. Euh, mon mari et moi-même aimerions vous avoir à la maison un de ces jours ! Cela vous conviendrait- il ?

-D'accord, dès que cette histoire est résolue. De toute façon, je dois  porter à la connaissance de monsieur le Juge les résultats des premiers interrogatoires.

-Ok merci d'accepter. Espérons que vous résoudrez de crime rapidement. Bonne journée colonelle.

Et elle raccrocha laissant Julia un tantinet guillerette.

Dans la foulée, elle reçut la photo des quatre personnages et décida d'accélérer le processus. Malheureusement, le quatrième était flou, encore que quelque chose dans son attitude gênait Julia.

Elle rappela le technicien qui l'informa dépouiller d'autres enregistrements photos sur la même période.

-Le gamin est doué. Il a réussi à combiner de nombreux enregistrements instantanés sur le même disque dur. Je devrais pouvoir trouver d'autres images rapidement maintenant que je sais quoi chercher de façon plus claire.

-Et les bandes sons pour cette même période ?

-De très bonnes qualités comme je vous l'ai dit. Mais trop de bruits parasites. Nous pourrons isoler toutes les infos mais cela va nous prendre plusieurs jours.

-D'accord. Pour l'instant laissez de côté les bandes sons. Priorité aux images.

-Pas de problèmes. Toute mon équipe est dessus. Je vous appelle dès que possible.

Sur ce, le technicien raccrocha.

De retour à la gendarmerie avec le véhicule de service emprunté à ses deux collègues de garde devant la salle des fêtes, Julia fit part de sa découverte concernant le vigile et transféra la photo sur le portable de Cernier.

-Je n'ai jamais vu ce personnage ; Bon, je ne me promenais pas dans les coulisses mais j'aurais du quand même l'apercevoir. Si vous n'y voyez pas d'inconvénients, je vais demander à ma femme.

-D'accord, faites-moi part de sa réponse aussitôt. L'entrepreneur est en cellule ?

-Oui et il est resté silencieux depuis.

-Son avocat ?

-Il n'a plus voulu le contacter !

-Bizarre ! Peu importe, contactez le et dites lui de venir.

-S'il refuse ?

-Le juge nous donnera une commission rogatoire. Et, Julia hésita, le dénommé Dassonville ?

-Il dégrise lentement mais il pourra répondre à vos questions sans trop de problème. Je peux lui faire porter un petit déjeuner ?

-Bien sur, mettez l'addition sur mon compte. Je vais procéder à un premier contact avec le chef d'entreprise.

Cernier approuva de la tête et l'invita à se rendre dans la salle d'interrogatoire où il fit amener l'entrepreneur.

Jean-Louis Rivoli se tenait recroquevillé sur sa chaise. Pourtant bien constitué, de haute stature, pas une force de la nature mais bien proportionné, il donnait peine à voir. Julia l'avait examiné à travers la vitre blindée de la porte. Ou il a la gueule de bois, ou il a quelque chose à cacher. Bon, allons-y.

Elle pénétra brusquement dans la pièce et entreprit de claquer la porte.

Rivoli sursauta  et manqua de tomber de sa chaise.

-Gueule de bois ou mauvaise conscience ?

-Je ne sais pas de quoi vous parlez mais, s'il vous plait, parlez moins fort bredouilla l'entrepreneur.

-Gueule de bois donc, le tança l'officier d'une voix forte.

Rivoli fit la grimace et plaqua ses mains de chaque côté de sa tête.

Julia prit place en face de lui mais cette fois ci sans brusquerie et décida d'attaquer sans fioritures cet individu qui, aux dires de la compagne de la victime, frappait sa femme.

D'une voix calme, elle décida d'abord de le désta-biliser.

-Pourquoi battez-vous votre femme ? Vous savez que c'est un délit ?

L'homme ouvrit la bouche comme un poisson manquant d'eau mais aucun bruit n'en sortit. Puis se reprit.

-C'est pour cela que vous m'avez fait conduire ici comme un malpropre ?

-Vous êtes un malpropre et un sale type ; alors répondez ?

-Je suis jaloux et quand je picole un peu trop, je deviens méchant.

-Et vous frappez votre femme ?

-Eh, il hésita, ma femme me trompe, j'en suis certain et c'est insupportable.

-Vous n'avez qu'à divorcer !

-Pas simple, elle possède la moitié de mon entreprise.

-Evidemment ! Mais elle, elle ne demande pas le divorce ?

Tout penaud, en baissant la tête, il répondit qu'elle n'osait pas.

-Parce que vous la menacez de la battre ?

Rivoli fit oui de la tête sans oser regarder l'officier.

-Bon, de toute façon, elle va être bientôt tranquille.

L'entrepreneur releva la tête, inquiet. Incrédule, il fixa Julia qui en profita pour lui asséner le premier coup. Allons-y au bluff d'abord.

-Pour commencer je vous inculpe du meurtre de Hugo Parmentier. Des témoins vous ont vu quitter le parking une fois votre forfait accompli.

-Je ne l'ai pas tué, madame, je vous le jure, pleurnicha l'homme ; j'ai juste aidé à redresser la porte en bois sur laquelle il avait été attaché.

-Cloué pas attaché, cloué dit-elle d'une voix grave et menaçante.

- Oui, murmura-t-il.

Et d'une voix à peine inaudible il répéta qu'il ne l'avait pas tué.

-Il couchait avec ma femme dit-il avec la même intonation.

-Parlez plus fort et regardez-moi en face.

Brutalement il se leva faisant chuter la chaise derrière lui et se mit à hurler.

-Il baisait ma femme ce salaud.

Les gendarmes affectés à la garde du prisonnier n'eurent que le temps de voir le poing droit de Tradisi s'écraser contre la mâchoire de l'homme qui s'effondra à terre.

Ils l'aidèrent à se relever et demandèrent s'il fallait l'entraver.

-Non, je pense que monsieur Rivoli a compris la situation malgré sa gueule de bois. Vous pouvez nous laisser.

Les deux gendarmes quittèrent la pièce tout en indiquant qu'ils restaient à disposition.

-Nous sommes partis sur un mauvais chemin monsieur Rivoli. Quand avez-vous pris la décision de faire disparaître Hugo Parmentier ?

-Je vous ai déjà dit que je ne l'avais pas tué répondit-il d'une voix un peu forte.

-Parlez moins fort ou je vous remets une mandale dans votre sale tronche.

-Vous n'avez pas le droit de me tabasser. J'ai des droits et j'entends les faire respecter hurla t-il.

Tradisi se leva de sa chaise et devant son air menaçant, Rivoli mit ses mains devant son visage, de façon défensive.

-C'est bon, c'est bon, je me calme mais je voudrais voir mon avocat.

Tradisi reprit calmement sa place sur sa chaise et regarda pendant de longues secondes l'entrepreneur qui commençait à perdre toute prestance. Il ressemblait davantage à un chien battu qu'à un entrepreneur respecté ou craint par ses concitoyens.

-Il va vous falloir trouver un autre avocat. Celui que vous connaissez est inculpé de meurtre et de complicité de meurtre.

-Pelletier ? Il n'était pas là quand ça s'est produit. Il est arrivé après.

-Après quoi ?

-Après que le gars, celui- la, le Parmentier soit cloué sur la porte. J'étais bourré mais j'avais compris que j'avais fait une connerie. Alors je l'ai appelé.

-En attendant son arrivée, vous auriez pu appeler les secours !

-Non, il était déjà trop tard. J'étais dans la merde, jusqu'au cou. Et puis, mon avocat est arrivé très vite.

-Ah ! Il était dans la salle ?

-Probablement. Je ne sais pas, je ne lui ai pas demandé. Quand il a vu la scène, il m'a embarqué dans ma voiture et nous sommes partis.

-Et son propre véhicule ?

-Je ne sais pas.

-Pourquoi dites-vous qu'il était trop tard pour appeler les secours quand vous avez compris avoir fait une immense connerie ?

-Hugo Parmentier était mort.

-Expliquez-vous un peu plus monsieur Rivoli, je commence à m'impatienter menaça Tradisi.

L'entrepreneur se mit à trembler et ne réussit qu'à bredouiller quelques syllabes. Il était vraisemblablement en état de choc.

Julia appela les gendarmes pour qu'ils aillent chercher le médecin du coin et aussi un verre d'eau que l'homme avala d'une traite.

Tradisi laissa la garde de Rivoli aux deux gendarmes en faction, le temps que le médecin arrive et se prononce sur l'état du patient.

-Si le toubib exige une hospit, vous m'appelez aussitôt et, bien sur, vous faites le nécessaire pour avoir une ambulance. Hormis le médecin et le cas échéant, les ambulanciers ou les pompiers, personne, je dis bien personne ne doit entrer en contact avec notre inculpé.

Les gendarmes acquiescèrent et prirent possession des locaux.

****

Tradisi croisa la route de Dulaunoy revenant du bourg.

-Que des sandwichs végétariens. Les collègues ne vont peut être pas apprécier.

-Ca leur fera du bien. Je les trouve un peu empâté. Tu as quelques rumeurs à me rapporter ?

-La plupart semblent contents que l'entrepreneur soit en taule comme ils disent mais peu regrettent la victime.

-Tiens donc, il avait mauvaise presse dans le coin ?

-Le terme de pédé revient souvent. Mais ce qui les gêne, c'est qu'il n'était pas du coin et avait pris beaucoup trop d'importance auprès des gens. Quant il a repris l'association en main, celle-ci était moribonde et des trous apparaissaient dans la trésorerie.

- Des gros ?

-Aucune info la dessus, mais plusieurs administrateurs de l'association seraient soupçonnés de s'être servis dans la caisse.

Eléonore avait bien tenté d'en savoir plus auprès des clients côtoyés dans les deux boulangeries du bourg mais elle dut se contenter de rumeurs, de réponses vagues. Rien d'intéressant. Le balai des véhicules de gendarmerie et des pompiers, ce qui ne s'était jamais vu dans cette localité, attisait la curiosité des habitants. La mort de Parmentier et l'arrestation de Rivoli faisaient la une de toutes les conversations, bien que l'affaire ne fût pas encore relayée par le journal local. Dulaunoy tenta pourtant de les déstabiliser en parlant de la réussite de la soirée. Ce qui n'entraina aucun enthousiasme de leur part.

-Je suis tombée sur les crétins et les geignards du patelin. Comme je te l'ai dit, les mots pédé envers la victime et pourri envers l'entrepreneur, n'ont pas manqué. Mais rien de consistant.

-La compagne de la victime m'a indiqué que Rivoli faisait des chantiers au noir et qu'il était poursuivi pour ces faits. Sans doute, je suppose, il devait en profiter pour saligoter ses travaux. L'un va rarement sans l'autre. Et difficile pour ses clients de déposer plainte ! D'où le peu d'empathie à son égard. Pour Parmentier, quelque chose nous échappe. A l'extérieure de l'association, le terme de pédé revient souvent alors qu'au sein de cette même association, il semblait être apprécié voire adulé. Il va falloir creuser davantage dans le fonctionnement de cette foutue association.

-Ah oui, des journalistes commencent à trainer dans le coin.

-Normal. L'appel du sang ajouta gravement Julia.

Eléonore la regarda avec un tel étonnement qu'elle éclata de rire.

-Mais non ! Bon, mauvaise blague, j'en conviens. Il est normal qu'ils apparaissent dans le paysage. Il faut simplement essayer de les tenir à l'écart. Mais, ça va fuiter. Là-dessus, pas de doute.

-De chez nous ?

-Bien sur. Voilà. Bien travaillée. Distribue les sandwichs aux collègues. Je vais appeler Cernier pour qu'il te donne l'adresse de la trésorière actuelle. Personne ne l'a encore vu. Peut-être, n'est-elle pas au courant ! Bizarre mais possible. Tu vas l'auditionner, avec doigté il va sans dire mais je sais que tu sais faire cela.

-D'accord. Je garde la voiture ?

-Oui, j'en ai piqué une à la brigade. File-moi un sandwich, s'il te plait.

Au moment de se séparer, Dulaunoy l'a rattrapa par le bras.

-Tiens, une bouteille d'eau. Euh, où te rends tu ?

-Au domicile de Rodriguès, le bras droit de la victime. Ah oui, l'entrepreneur va être inculpé de complicité d'assassinat mais je ne crois pas qu'il soit l'auteur du crime. Méfie-toi s'en si tu dois l'approcher. C'est un sale con.

-D'accord.

-Et arrête de me regarder comme ça. Je ne suis pas le messie, rigola Julia.

-Non, mais tu es le premier officier à me faire confiance. Et, Eleonora hésita, je ne devrais pas le dire, mais merci.

Tradisi soupira.

-Allez jeune fille, sauve toi.

Aussitôt elle démarra. Un peu jeune, trop jeune pour ce boulot de merde. Pensa- t'elle.

**\*\*\*\***

Le domicile de Rodriguès était légèrement à l'écart du village. Belle maison indépendante de plain pied, simple d'apparence, un terrain tout autour, beaucoup de fleurs. Pas de barrière sur l'avant mais l'arrière de la maison semblait inaccessible.

Tradisi se gara sur l'allée menant au double garage. Elle n'eut pas le temps de poser son doigt sur la sonnette que la porte s'ouvrit sur Ayata en peignoir.

-Vous surveillez les arrivées ?

-Non, mais j'ai entendu votre véhicule, alors j'ai pris les devants. Entrez. Excusez ma tenue mais les dernières journées ont été épuisantes et la dernière nuit…..

-Je comprends.

-Vous n'avez pas du beaucoup dormir non plus colonelle ?

-Je ne suis pas une grande dormeuse, c'est l'une de mes plus grandes qualités ou de mes défauts, c'est selon la personne avec laquelle je passe mes nuits.

-Vous ne donnez pas l'impression de passer beaucoup de nuit avec quelqu'un. Euh, non, excusez-moi mais là, je m'égare.

-Pas de problème et appelez moi Julia et j'aimerais que nous nous tutoyons. Ce serait plus simple.

-Si je peux vous tutoyer et vous appeler par votre prénom, cela veut dire que je ne suis plus parmi les auteurs potentiels ?

-C'est tout à fait cela, sauf si je me trompe. Mais ce dont je suis certaine, c'est que nous ne sommes pas fort différentes l'une de l'autre. Malgré les apparences.

-Tu es officier de gendarmerie, tu mènes une enquête sur un crime odieux et tu me traites comme une amie proche, presque comme une sœur alors que nous ne nous connaissons que depuis cette nuit ! Je suis très touchée, profondément touchée mais dis-moi, dis-moi pourquoi s'il te plait !

Julia respira fortement, les yeux fermés.

-Cela va faire vingt ans que j'exerce ce métier, vingt longues années à patauger dans la misère humaine, à côtoyer le mensonge, l'hypocrisie, les menaces. A entendre, voir, découvrir chaque jour les horreurs dont sont capables nos concitoyens, quelque soit leur sexe, leur âge, leur classe sociale. J'ai l'impression de vivre dans la fange. Cela m'est de plus en plus insupportable et chaque jour, je crains de craquer, de péter les plombs, de faire le geste de trop qui me rabaisserait au même niveau que tous ces détraqués qui finissent par m'obséder. Je voudrais arrêter tout ce cirque, quitter cette humanité sans fard, immonde mais je n'y arrive pas. Mais, pour me sauver, à chacune de mes enquêtes, je croise une ombre, une silhouette, une sensation à laquelle je m'accroche désespérément, à mon corps défendant. Et, dans ces moments là, je sais que j'ai raison de continuer. Dans la salle, sur les gradins, quand tu t'es assise à mes côtés, malgré ton désespoir, l'humanisme qui est en toi m'a envahi, m'a pénétré et m'a réchauffé. Parfois, je dois passer pour une débile, une sotte, une emmerdeuse mais dans ces moments là, je m'en fous.

-Et tu as raison.

Les deux femmes restèrent silencieuse quelques secondes.

-Merci Julia.

Puis, dans un sourire chaleureux mais empli d'une immense tristesse, Rodriguès l'invita à prendre place sur le canapé du salon.

- Ayata, j'ai besoin de réponses. Je sais que c'est difficile mais ton aide m'est nécessaire.

-D'accord, je vais me changer. Il reste du café au chaud, sinon, tu trouveras de la bière et du vin dans le réfrigérateur.

Sur ce, elle se leva et partit en direction de la chambre d'un pas saccadé, les épaules secouées de sanglots trop longtemps retenus.

**\*\*\*\***

Julia n'entendit pas la jeune femme revenir et sursauta au contact de sa main sur son épaule.

-Cela te plait ?

Ayata parlait d'un album photo qu'elle avait laissé sur la table du salon.

-Vous, euh non, toi, tu en es l'auteur ?

-Oui. Ce sont les photos officielles que nous devions utiliser pour notre presse -book.

-Vous comptiez faire carrière avec votre association ?

-Non, pas du tout, encore que !

-Explique-toi, là je nage un peu.

-C'est très simple. Vu le travail que ce spectacle avait nécessité, Hugo, Jeanne et moi, avions décidé que ce serait l'unique séance. La trésorière était d'accord elle-aussi car même si nous ne la voyions pratiquement jamais, elle avait abattu un énorme travail. Et ce malgré l'opposition des autres membres de l'association. Mais la plupart ignore la somme de travail que cela représente. Surtout que peu de membres pouvaient intervenir pour coordonner le tout. C'est comme un puzzle. Chaque pièce est importante mais c'est celui qui réunit toutes les pièces qui se tape le boulot. Alors nous avions décidé de faire un cd reprenant la soirée, évidemment, mais accompagnée de photos prises tout au long des préparatifs. De la conception des décors, des costumes, des répétitions.

-Et ça, c'était en plus des répétitions ?

-Oui et pour ne rien rater, on faisait tout au jour le jour. Il y avait quand même beaucoup de déchets.

-Des photos ratées ?

-Entre autre, mais aussi des clichés désagréables lors de prises de bec, des photos ne donnant pas le meilleur de certaines personnes. Enfin tu vois ! Et aussi des photos qu'il ne fallait pas faire voir !

-J'arrive à me faire un film de ce que vous pouviez faire chaque jour. Mais ça vous prenait un temps fou !

-Sur la fin oui, énormément. Les trois dernières semaines, on se couchait vers une ou deux heures du matin, dans le meilleur des cas.

-Et ce montage se passait dans la salle ?

-Non, ici ou chez Jeanne. On s'enfermait dans un bureau.

-Vous ne vous êtes jamais disputés ?

-Au début oui. Pas vraiment des disputes. On co-habitait beaucoup tous les trois et chacun sentait que quelque chose ne fonctionnait pas entre nous. Il manquait un déclic.

-Et ce déclic, c'était quoi ?

-Et bien, comment t'expliquer ; bon, un après midi, Jeanne est passée pour me dire que le montage de la veille était nul. On est passé dans mon bureau, on s'est engueulée et puis au lieu de tout quitter en hurlant comme cela se passe souvent dans ces moments là, et bien !

Ayata hésita.

- Nous étions assises sur la même chaise de bureau devant l'ordi, très proche l'une de l'autre. Tellement proche que, voilà, on s'est d'abord légèrement embrassée puis tout s'est accéléré. Jeanne était en robe d'été, assez courte, ce qui a beaucoup simplifié la situation. Après tout a été mieux.

-Et le compagnon de Jeanne dans tout ça ?

-Et bien le lendemain, il a vu que notre réunion quotidienne était moins tendue que les autres, il a demandé pourquoi ? Alors Jeanne et moi, on lui a sauté dessus et puis voilà.

-C'était prémédité !

-Non, pas vraiment mais bon, nous nous étions habillées dans ce sens puisque nous avions revêtu une légère robe d'été avec pas grand-chose dessous. C'est vrai. C'était prémédité, on peut dire ça. Enfin non. Mais on avait besoin de quelque chose d'explosif. Nous étions crevées et nous ne pouvions plus reculer. Voilà. Fallait tenir. Voilà.

-Alors voilà, reprit moqueusement Julia. Chez moi, nous appelons ce genre de mise en scène de la pré-méditation.

-Oui, sans doute, c'est toi la spécialiste, je ne suis qu'une modeste saltimbanque.

Un silence enveloppa les deux femmes, presque palpable, embarrassant.

-Le meurtre de Hugo, tu te sens comment ?

-Je fais la mariole là comme tu vois mais je suis anéantie, vide, complètement vide.

Ayata s'effondra dans les bras de Julia.

Les deux femmes restèrent un moment l'une contre l'autre. Ce fut le téléphone de Julia qui les ramena à la réalité.

-Je crois que ton téléphone sonne, Julia.

Julia soupira et répondit à l'appel.

-Oui Chef, je vous écoute !

-Nous avons un problème avec l'avocat. Il s'est pointé à la gendarmerie avec deux autres avocats et exige de voir Rivoli.

-Ah. Bon, j'appelle le juge pour qu'il vous transmette une inculpation. Dès que l'avez, vous collez l'avocat en taule et vous faites patientez les deux autres guignols. J'arrive dès que je le peux.

Julia raccrocha.

-C'est l'avocat qui nous emmerde. Normal !

-Tu n'es pas venu uniquement pour que je te raconte ma vie ?

-Euh non ; j'ai des questions. Pourquoi ne m'as-tu jamais parlé du vigile ?

-Quel vigile ?

Julia lui expliqua les photos avec les quatre hommes.

-Je suis affirmative, il n'y a jamais eu de vigile.

-Merde alors, d'où il sort ce crétin. Attend, j'ai sa photo sur mon smartphone.

Elle fit défiler plusieurs trucs jusqu'à la photo.

-Bon, les trois là, on les connait mais lui, le quatrième ? De dos ! Et un peu flou !

-De dos, ce n'est pas simple là. Hum ! Je ne vois pas mais, une impression Julia, juste une impression, on dirait une femme.

-Oh ! Qu'est-ce qu'il foutait là ou elle? Déjà vu ou aperçu dans la salle, au cours des répétitions ?

Julia préféra ne pas lui dire que le technicien était à peu près certain qu'il s'agissait d'une femme. Il lui avait transmis un message en ce sens accompagné d'un autre extrait d'une bande vidéo. Ce n'était pas terrible mais mieux que le premier cliché. Et elle aussi, penchait sans savoir pourquoi vers cette explication.

-Non, jamais, ça ne me dit rien. Il y avait souvent du monde mais jamais vu aux répétitions. Rivoli ne venait jamais, d'ailleurs. Dassonville trainait souvent mais ne restait pas longtemps. On le virait dès qu'on le voyait.

-Que venait-il faire ?

-Voir les filles. Souvent les répétitions coïncidaient avec les essayages de costumes, des lumières et les filles comme les gamins figurants, étaient en short ou en leggings.

-Mouais, ça commence à prendre tournure. Ah oui, la trésorière ?

-Rien à dire. Très stricte, intègre.

-Tu peux m'en dire plus ?

-A vrai dire, et plus j'y pense, je ne l'ai pratiquement jamais vu. A deux ou trois reprises, lors des dernières réunions avant la mise en route véritable de la création du spectacle d'hier. Elle venait nous parler du budget qui était totalement bouclé.

-Mais, tu ne la voyais pas aux réunions de bureau de votre association ? Vous en faisiez quand même !

-Oui, oui, une réunion était programmée chaque mois avec tous les responsables des différentes sections. Mais pas pour moi.

-Tu n'allais pas aux réunions ?

-Ah non, Julia. Je ne fais pas partie du conseil d'administration. J'ai intégré le groupe uniquement pour aider Hugo à coordonner tous les tenants et les aboutissants propre au spectacle d'hier.

-Tien, c'est bizarre votre fonctionnement.

-En fait, Hugo était le président de l'association un peu par hasard et personne ne voulait le suivre dans son aventure.

-Attend, je n'arrive pas à te suivre justement. Que veux- tu dire par président par hasard.

-Tu vas comprendre. L'année dernière, en cours d'année, quelques semaines avant la fin de la saison et donc peu de temps avant que chaque section ne fasse son gala annuel, le président en place a été destitué officiellement au cours d'une assemblée générale extraordinaire, pour détournement de fonds. En fait, au cours de cette assemblée, se trouvaient les maires des communes finançant notre association, enfin les maires, deux seulement ; les plus influents et surtout les plus actifs du canton. Ils étaient accompagnés d'un représentant de la sous préfecture. Dans la salle, il y avait beaucoup de parents pour une fois et donc Hugo, assis à côté des officiels et ils semblaient se connaître. Donc….

-Attend Ayata, reprend ta respiration. Parmentier, il était comme officiel ou comme membre de votre association ?

-J'y viens, j'y viens. Hugo participait au groupe théâtre avec sa compagne Jeanne et était venu à l'AG comme membre. Mais pas sa copine. Jeanne est quelqu'un de très engagée mais refuse de participer à ces assemblées qu'elle trouve inefficace et inutile.

-Cela peut se concevoir mais c'est un fonctionnement pourtant nécessaire. Donc, Hugo vient à l'AG et se retrouve président.

-Voilà, mais poussé par les trois officiels. Ceux-ci venaient d'annoncer que faute de président, plus de subventions. La situation compromettait l'avenir de l'association. Plus le président qui s'était retrouvé en garde à vue, visite des flics chez lui. Le gros cirque qui effraie tout le monde. Donc personne ne voulait la place et sans président, plus de subventions et donc, plus de gala de fin d'année et surtout un gros gâchis social. Une immense déception pour tous ces jeunes après une année de répétitions.

-La troupe théâtrale était conséquente ?

-Non. Ayata se mit à rire ! Nous n'étions que trois !

-Toi, Parmentier et sa compagne ! Et vous appelez ça une troupe !

-Ben oui, tu sais comment c'est. Tout le monde veut venir mais ils ont toujours une bonne excuse pour ne pas participer aux répétitions.

-Les répétitions, vous les faisiez où ?

-Chez moi ou chez Jeanne. Une fois par semaine, on se faisait une petite bouffe à chaque fois.

-Vous prépariez des pièces de théâtres, des vrais ?

-Non, pas exactement ! On s'amusait à jouer des scènes de pièces différentes. Ça allait de Molière, Racine, Shakespeare ou des auteurs contemporains, des comédies, tout et n'importe quoi. C'était parfois très dramatique ou complètement loufoque. En fait, aucun des trois n'avait envie d'apprendre par cœur une seule pièce et de la jouer. Parfois, on transformait des scènes comme la fameuse réplique « être ou ne pas être » ; tu connais ! Et puis Hugo faisait tous les costumes, les transformait, les créait, les déformait. Il avait une formation de tailleur ! Il était très bon. Beaucoup de talent et d'imagination.

-Oui, oui. C'est ça. Un talent énorme, ajouta-t'elle !

-Et vous deviez jouer hier soir ?

-Non. En fait nous avions joué l'année dernière. Nous faisions des petits sketches entre les différentes apparitions des autres groupes. Hugo avait dit que l'organisation de l'association était très merdique. Evidemment, cela avait déplu mais bon, il y a toujours des mécontents.

-Cela aurait pu lui octroyer des ennemis ?

-Non. Certains sont partis juste avant le gala et Hugo a réussi à le faire fonctionner. Les gens dans la salle n'ont vu que du feu. Par contre, des rumeurs couraient qu'il était à l'origine de l'arrestation du président parce qu'il travaillait à la répression des fraudes.

-Et ?

-Ca n'avait rien à voir. Par ses copains maires, il savait que le président piquait dans la caisse mais en fait ils se sont connus lors d'un contrôle du bouilleur de cru l'année passée. A la demande du préfet, les bouilleurs de cru devaient faire l'objet d'un contrôle un peu plus pointu que les autres années. Encore que je n'avais jamais entendu parler d'un contrôle de ce genre si ce n'est celui des gendarmes qui venaient surveiller le taux d'alcoolémie des clients.

-Et celui du bouilleur !

-Oh, le sien, même à jeun, devait toujours être au-dessus de la moyenne, mais il restait sur place durant la saison et souvent quelqu'un le ramenait chez lui.

-Résumons, Parmentier devient président de l'association suite à la destitution de l'ancien président et à la demande expresse des copains maire et du sous-préfet. De plus, la rumeur dit qu'il serait à l'origine de l'enquête à l'encontre de ce dit président. C'était déjà la même trésorière ?

-Oui mais elle n'a jamais été inquiétée car le président a tout avoué et déclaré être le seul responsable. En plus, il a remboursé les sommes détournées.

-Il a été condamné ?

-Trois mois avec sursis.

-Bon, cela n'explique pas cet assassinat et ne me dit pas qui est le quatrième personnage sur la photo. Je vais voir avec le technicien s'il ne peut pas agrandir la photo ou je ne sais quoi. Je retourne à la gendarmerie aider ce pauvre Cernier en proie avec les avocats.

A propos de Cernier, sa femme, elle est quoi là dedans ?

-Sympa, très réservée, bien copine avec Jeanne qui l'avait aidé à organiser l'arrivée de leur bébé. Une femme de gendarme.

Julia se leva du canapé ainsi que Ayata. Les deux femmes se firent face.

-Tu tiendras le coup ?

Ayata fit oui de la tête avec un petit sourire très triste.

Julia se pencha légèrement et posa son front sur celui de la jeune femme aux yeux embués, et sortit.

\*\*\*\*

A son arrivée dans les locaux de la gendarmerie, Tradisi comprit que la situation était explosive. Trois gendarmes faisaient face aux deux avocats venus avec Pelletier que l'adjudant avait mis en cellule. Drapés dans leur sempiternel costume noir bien taillé, ils semblaient très excités et agressifs mais n'osaient pas trop se rapprocher des gardes. Vociférant, hurlant, déclarant vouloir alerter la presse, les deux hommes éructaient tant qu'ils le pouvaient. Cernier, était rouge de colère et prêt à exploser. Heureusement qu'il était d'une nature calme, sinon Tradisi était certaine qu'il aurait déjà collé son poing dans la face de ces deux énergumènes, avec tous les problèmes que cela aurait inévitablement déclenché.

L'adjudant fut soulagé de voir arriver le colonel.

D'un coup de sifflet strident qu'elle avait sorti de sa poche, elle fit taire instantanément les deux avocats qui la regardèrent stupéfaits.

-Encore un mot et je vous mets en cellule pour outrage à agents. Je me présente, Lieutenant- Colonelle Julia Tradisi, en charge des affaires criminelles dans cette juridiction.

D'un signe de tête elle enjoignit les deux hommes à se présenter, ce qu'ils firent relativement calmement tout en réclamant vouloir rencontrer leur client.

-Lequel, Maître Pelletier ou Monsieur Rivoli ?

Surpris par cette question, les deux hommes se concertèrent puis demandèrent à voir les deux, Pelletier étant leur associé et Rivoli un client de leur cabinet.

-D'accord.

Puis, soufflant le chaud et le froid, elle leur déclara devoir d'abord se rapprocher du juge Dambert en raison de nouveaux indices concernant le meurtre de monsieur Parmentier.

-Sur la place, se trouve une bonne brasserie. Allez-y je vous ferais savoir quand vous pourrez rencontrer vos clients.

Sur ce, Tradisi ouvrit la porte extérieure de la gendarmerie et leur fit signe de sortir. Dès que celle-ci fut refermée, Cernier souffla bruyamment, imité par ses trois collègues.

-C'est la première fois que nous sommes confrontés à des avocats. C'est toujours comme cela?

-Oh non, ceux là étaient calmes.

-J'ai cru entendre que vous aviez d'autres informations?

-Non, j'ai menti chef. Mais les deux avocats me fatiguaient. Je n'ai pas grand-chose de plus sinon des rumeurs, fausses apparemment, comme quoi Parmentier était à l'origine de l'arrestation de l'ancien président de l'association. Cela vous dit quelque chose?

-Je connaissais un peu ces rumeurs mais je savais que c'était l'un des deux maires qui avait découvert le détournement. Lors d'une réunion entre élus, il aurait exigé le dépôt des comptes de toutes les associations du canton soi disant pour revoir le calcul des subventions mais je pense qu'il savait ou il allait.

-Madame Rodrigues m'a dit que la trésorière n'avait pas été inquiétée ?

-Exact, elle aurait présenté une vraie comptabilité et le président avait tout pris pour lui.

-Il existait un lien entre le président et la trésorière ? Ils devaient quand même se connaître ?

-Je ne sais pas. Je vais m'en occuper.

-D'accord, de mon côté, je vais appeler le juge et le légiste puis commencer les interrogatoires. Euh, Chef, vous la connaissez cette trésorière ?

-Non. On ne la voit jamais dans le village.

-Elle est quand-même la trésorière d'une grosse association locale ?

-Oui mais vous savez, peu de gens acceptent de prendre des responsabilités dans ces associations. Alors, quand ils en tiennent un, ils ne le lâchent plus. Et surtout, ils évitent de l'irriter de crainte de devoir prendre sa place. Mais c'est quand même une femme assez inaccessible.

-Mais au cours des réunions de bureaux, il fallait bien que les comptes soient connus des autres, surtout depuis que l'ancien président avait détourné le fonds ?

-Ma femme allait régulièrement à ces réunions et ne m'a jamais dit l'avoir vu !

-Hum, pas bien clair surtout avec cette histoire de détournement.

-Elle n'a jamais été inquiétée ! Après tout, il y a encore des citoyens honnêtes !

-Sans doute Cernier, sans doute, mais là, il y a meurtre et ça ne va pas dans le paysage local. Bon, allez la voir et essayer de tirer cette affaire au clair. Ne lui parler pas de la photo. La collègue qui m'accompagnait devrait se trouver par là.

Cernier quitta la gendarmerie mais passa d'abord à son appartement de fonction.

Tradisi appela le juge toujours au palais de justice et le médecin légiste qui ne comprenait pas pourquoi Parmentier s'était laissé tuer.

-J'ai relu mes notes et rien. Pas de trace suspecte de produits toxiques, si ce n'est un peu d'alcool mais pas suffisamment pour le rendre muet. Je l'ai trouvé un peu maigre et les traits fatigués.

-Ah, une grande fatigue pourrait expliquer son absence de réaction ?

-Cela arrive surtout après une énorme pression, ce que semble avoir été cette soirée. Un grand choc peut aussi provoquer cette absence de réaction. Ce serait bien que j'en discute avec ses proches.

-Je vais vous donner le téléphone de son adjointe directe pour ce spectacle et les infos concernant sa compagne qui, elle, a été hospitalisée.

-Ok, je vais me débrouiller. A plus Colonelle.

Tradisi fit signe à l'un des trois gendarmes de s'approcher.

-Dassonville, il est comment ?

-Calme et à peu près dessoulé. Il a pu se laver un peu et nous lui avons fourni un petit déjeuner.

-D'accord, vous me l'amenez en salle d'interrogatoire menotté.

L'officier attendit que Dassonville soit installé dans la salle toujours aussi sinistre puis pénétra doucement dans la pièce.

L'homme, de taille moyenne, se tenait vouté sur sa chaise. Il sembla surpris de voir une femme entrer dans la pièce et fit mine de se lever, geste aussitôt interrompu par l'un des gardes qui lui appuya fermement sur l'épaule, le forçant à se rasseoir.

-Je voulais juste saluer la dame dit il avec un mauvais sourire en coin.

Personne ne répondit, ce qui sembla le mettre mal à l'aise. Tradisi se mit face à lui et l'examina attentivement. Son visage couperosé ne permettait pas de douter sur son état alcoolique. Entre trente et quarante ans, difficile à dire comme ça. Pas beau mais pas laid, un visage déplaisant mais sans plus. On lisait facilement sur celui-ci les vestiges de la soirée passée, d'autant plus qu'il n'était pas rasé.

Heureusement qu'il a pu se laver un peu pensa Julia. Ses vêtements étaient très froissés, normal pour quelqu'un venant de dormir sur une paillasse même propre. Un jean marron informe, légèrement taché, une chemise au col usé, un pull sans forme également, gris souris. Quelconque.

Julia prit place sur la chaise de l'autre côté de la table. Dassonville commençait à donner des signes d'inquiétude. L'officier n'était là que depuis quelques minutes mais ce silence lui vrillait les oreilles.

Elle ouvrit le dossier qu'elle avait amené avec elle.

-Dassonville Gabriel, 34 ans, célibataire, ouvrier agricole, domicilié au lieu-dit, le châtaignier, c'est bien cela ?

Gabriel hocha la tête.

-Je n'ai pas entendu votre réponse.

Gabriel regarda tout à tour l'officier et le gendarme se tenant à ses côtés.

-Répond à la question lui dit le gendarme en le secouant légèrement.

-Euh, oui.

-Vous êtes certain de votre réponse ?

-Oui, oui !

L'inquiétude pouvait se lire dans son regard. Il comprenait que quelque chose commençait à lui échapper mais il n'arrivait pas à déterminer quoi. Des nuits dans des cellules de dégrisement, il connaissait mais bien souvent, le matin, les gendarmes le foutaient à la rue comme çà, sans plus et même si parfois l'un ou l'autre lui posait des questions sur des évènements passés, tout était très simple et rapide. Là, tout devenait plus confus et son cerveau encore enveloppé de vapeurs d'alcools, lui disait qu'un gros pépin allait lui tomber dessus. Mais quoi.

Gabriel se frotta les tempes.

-J'ai mal à la tête.

-Vous avez la gueule de bois.

-Non, non ; Pas pareil. Là, ça me fait mal et ça va pas.

-C'est peut-être le forfait que vous avez commis cette nuit qui vous travaille ?

-Quoi, quel forfait ? C'est quoi ?

Tradisi le regarda sans répondre.

Gabriel se tourna tour à tour vers elle et vers le gendarme se tenant à son côté.

-Tu t'es pris le bec avec Parmentier hier soir à la fête lui demanda celui-ci ?

-Ben ouais, à cause que je voulais rentrer dans les coulisses.

-Et ?

-Ben, le Parmentier était là et il m'a foutu dehors. Enfin presque.

-Et que voulais-tu faire dans les coulisses ?

-Voir ma copine ?

-T'as une copine parmi les filles du spectacle ?

-Euh, oui.

Dassonville répondit en souriant presque rasséréné par les questions apparemment sans intérêt du gendarme.

Puis Tradisi reprit brutalement la main.

-Pourquoi avez-vous dit que Parmentier vous avait presque mis à la porte ?

-Il a essayé. En me prenant par le col de mon pull mais il a pas pu parce que mon tuteur est arrivé. Heureusement, parce que le Parmentier, il est pédé mais, il a pas l'air comme ça, il est costaud.

-Il t'a déjà foutu une trempe, demanda le gendarme ?

-Une fois. J'étais pas dans la salle mais sur le parking et je voulais dire bonjour à une fille mais elle a crié et lui est arrivé et m'a collé une sacré mandale.

-Pourquoi votre tuteur est arrivé dans les coulisses ? Vous l'aviez appelé ?

-Non, non, on devait se retrouver à la sortie de secours mais comme la porte était ouverte, je suis entré.

-Et votre tuteur, il était seul ?

-Il y avait son copain avocat et une copine à eux.

-Qui était-ce ?

-Je sais pas, je l'ai déjà vu avec mon tuteur mais je connais pas son nom.

-Si je vous fais voir une photo, vous la reconnai-
triez ?

-Oui, je crois.

-Et, une fois que vos amis sont arrivés, que s'est-il
passé ?

Gabriel réfléchit un moment et Tradisi pensa que
c'était foutu. Il était idiot et alcoolique mais pas tant
que ça. Il allait les balader !

-Je me souviens plus !

Le gendarme lui demanda benoitement :

-Tu ne te souviens plus ou c'est ton tuteur qui t'a
dit de ne pas dire ce qui s'est passé ?

-C'est ça, tout juste répondit-il avec un grand sourire.

Julia le regarda intensément.

-Bon, c'est bon. Merci monsieur Dassonville.

L'homme se leva à moitié de sa chaise quand le
gendarme lui appuya fortement sur l'épaule.

Gabriel le regarda effrayé.

-Je peux rentrer chez moi ?

- Non, lui répondit Julia. Nous n'en avons pas encore fini avec vous.

-Quand ?

Julia haussa les épaules. Puis elle le fixa durement plusieurs secondes, des secondes ayant l'impression d'être des minutes. De longues minutes.

-Pourquoi avez-vous tué Hugo Parmentier ?

Les yeux de Gabriel s'agrandirent d'effroi. Aucun son n'arrivait à sortir de sa bouche également grande ouverte. Un filet de salive suintait sur le côté gauche de ses lèvres.

Tradisi fit signe à son collègue de l'embarquer.

Gabriel se laissa faire et quitta la salle sans cesser de regarder vers elle.

Seule quelques instants, elle parcourut ses notes puis décida d'interroger une nouvelle fois l'entrepreneur.

Celui-ci entra précautionneusement dans la petite salle d'interrogatoire. Fini son air bravache, fini sa grande gueule. Julia avait devant elle un homme désorienté, devant faire face à un cauchemar accompagné d'une gueule de bois.

-Comment vous sentez-vous monsieur Rivoli ?

L'homme haussa les épaules.

-Ca va.

-Le médecin dit que votre état d'anxiété est du à l'abus d'alcool de cette nuit.

-Possible.

-Vous m'avez menti monsieur Rivoli.

-Non.

-Vous m'avez affirmé avoir appelé votre avocat lorsque vous avez constaté le décès de monsieur Parmentier. Or, c'est faux. Votre avocat était avec vous lors de l'assassinat de ce monsieur. En fait, il est complice de ce meurtre, votre complice.

-C'est lui qui vous a dit ça ? Je l'ai entendu gueuler quand vous l'avez arrêté. Je le connais bien, il est capable du pire pour se protéger. Alors, là, il m'a tout mis sur le dos !

-Exact. Vous êtes foutu. Vingt ans de prison minimum et à votre âge, quand vous ressortirez, si vous en ressortez, ce sera directement l'hospice des vieux.

Rivoli leva la tête, les yeux larmoyants, il renifla un coup puis secoua la tête.

-C'est pas possible, pas possible. Je veux pas finir comme ça.

-Il ne fallait pas tuer Hugo Parmentier.

-C'était un salaud, c'est lui qui m'a dénoncé à la répression des fraudes.

-Alors vous l'avez tué ! Un peu simple comme raisonnement.

-Vous comprenez pas. J'ai plein d'ennuis avec les fraudes, ou je ne sais quoi ; en plus il baisait ma femme, lui, un pédé.

-Vous l'avez déjà dit mais vous trouviez que c'était suffisant pour le tuer.

-Mon avocat m'a tout confirmé. Tout ! La dénonciation, ma femme, tout ! J'étais au fond du trou.

-Votre avocat, vous dites ? Qui ? Pelletier ?

-Oui, Pelletier.

-Mais, qu'est-ce qu'il vient faire dans cette histoire et pourquoi était-il dans les coulisses hier soir avec vous ?

-Je ne parlerai qu'en présence de mon avocat.

-Je vous ai déjà dit que votre avocat faisait l'objet d'un mandat d'arrêt pour meurtre, comme vous. Il va donc vous falloir vous en trouver un autre.

Rivoli sursauta comme s'il venait à nouveau de se réveiller.

-Mais j'ai tué personne dit-il d'une voix blanche. C'est pas moi.

-Qui alors demanda durement Julia.

L'entrepreneur baissa la tête.

-Les associés de monsieur Pelletier sont arrivés tout à l'heure. Je peux les appeler si vous le désirez.

-Oui, je veux bien mais vous croyez qu'ils vont me défendre ?

-Leur associé est en garde à vue et cela nuit beaucoup à leur image. Ils apprécieraient sans doute le fait que vous leur confiez ce qu'il s'est passé hier soir. Peut-être, alors, vous défendront-ils ! Peut-être.

Ils ont un grand besoin, un très grand besoin de clarifier cette affaire.

-Ils vont pas défendre Pelletier ?

-C'est selon votre collaboration, Julia attendit quelques secondes, le regard braqué sur celui de Rivoli, votre collaboration avec mes services.

Rivoli resta un moment silencieux, les yeux dans le vague. Puis, relevant son visage, il s'adressa à Tradisi :

-Je ne vous fais pas confiance madame.

-C'est comme vous voulez.

Julia se leva et indiqua au gendarme de garde de le ramener dans sa cellule.

Puis, se souvenant de la déclaration du major au sujet de la femme de la victime, elle les rappela alors qu'ils se trouvaient dans le couloir en direction des cellules.

-Rasseyez-vous monsieur Rivoli.

L'entrepreneur, totalement anéanti, sembla faire un effort surhumain pour relever la tête et faire de nouveau face à Tradisi.

-Monsieur Rivoli, en aucun moment vous ne m'avez parlé du fait que la compagne de la victime vous a braqué avec un fusil. Et que sans l'intervention du major Cernier, votre tête ainsi que, fort probablement celle de Pelletier, votre tête donc, allait se faire pulvériser dans l'habitacle de votre voiture.

-Cela aurait sans doute était mieux ainsi murmura l'homme assis en face d'elle, les yeux larmoyants.

-Ma question est donc celle-ci « pourquoi êtes-vous revenu sur les lieux de votre forfait » ?

Ses lèvres et sa mâchoire se mirent en mouvement mais aucun son ne sortait. Il renifla puis essuya son nez avec ses avant bras, laissant apparaître une trace peu ragoutante sur la manche de son blouson.

-Alors ?

-Avec Pelletier, on n'arrivait pas à croire  ce que nous avions fait. On était sous le choc. Tout s'était passé très vite et nous avons mis du temps à réaliser la violence de la scène. On ne pouvait pas accepter le fait que nous en étions les auteurs. Après ce, après cet acte, Pelletier et moi sommes partis en direction du village. Nous étions perdus. Nous ne savions plus quoi faire. Et puis, on a repensé à Katryn. Etait-elle restée là bas ? Tout était confus. J'ai fait demi-tour comme un fou et je suis repassé vers le parking où Sardanian avait garé son véhicule. Il n'était plus là. Pelletier et moi, on s'est regardé. Pelletier avait le regard fou. Je ne devais pas être en meilleur état. Alors, on est passé chez moi. Je savais qu'il n'y avait personne puisque ma femme participait à la fête. On a avalé plusieurs bières et puis les sirènes des flics et des pompiers ont retenti dans la nuit. Comme des cons, on s'est dit qu'il fallait mieux retourner là-bas aller pour voir et aussi trouver ce crétin de Dasson-ville. Quand nous sommes arrivés, les gens partaient dans tous les sens. Vos collègues essayaient de les calmer. Et…

-Continuez !

-Nous étions restés à l'écart, phares allumés. Pas très malin surtout que l'on devait puer l'alcool. Puis une voiture s'est arrêtée presque contre la mienne et la Jeanne en est sortie comme une folle, un fusil dans les bras. Je suis resté paralysé. Je la connais bien la petite Jeanne. J'ai essayé de, enfin vous voyez.

-Non, soyez plus clair.

-Ben, une fois, j'ai essayé de profiter d'elle, surtout qu'elle n'est pas bien épaisse. Et ce jour là, elle s'est sauvé dans sa maison et en est ressorti avec un fusil. Et elle m'a tiré dessus. Elle m'a pas touché mais a fait exploser le pare-brise arrière de mon pickup. Alors quand je l'ai vu arriver, je savais qu'elle allait me tuer. Heureusement, Cernier est arrivé et lui a pris l'arme des mains. Nous, on s'est sauvé surtout que Pelletier n'arrêtait pas de gueuler de peur. Après nous sommes partis chez Dassonville.

-Je vais appeler le juge pour qu'il vous inculpe de meurtre avec préméditation. Dans la foulée, nous irons visiter votre maison, votre entreprise et tout ce qui tourne autour de votre personne. Là, monsieur Rivoli, vous partez pour la réclusion criminelle à perpétuité.

Le gendarme de faction attrapa les bras de Rivoli, les bascula à l'arrière de son dos et le menotta sans ménagement.

Rivoli ne quitta pas un instant les yeux de Tradisi dans lesquels il n'y vit que du mépris et une immense violence.

Julia resta seule un moment, la tête basculée en arrière fixant sans le voir le plafond, les bras croisés sur sa poitrine.

Un léger toussotement la ramena à la réalité. Elle ne sursauta pas et ne fit même pas mine d'avoir été surprise.

Elle regarda le gendarme venant de pénétrer dans la pièce.

-Excusez-moi, c'est l'adjudant Cernier qui vous demande au téléphone. Dans son bureau.

-D'accord, je vous suis, soupira- t'elle.

Le gendarme la fit entrer dans le bureau du chef et en sortit en refermant soigneusement la porte derrière lui.

Julia prit place dans le fauteuil et attrapa le combiné.

-Que se passe- t'il chef ?

-Je suis chez Katrin Sardanian, la trésorière de l'association. Je l'ai retrouvé pendu dans son abri de jardin. Je l'ai décroché avec l'aide de votre assistante. Sardanian est vivante et j'attends les secours.

-D'accord, j'arrive.

-Faites-vous accompagner par un de mes hommes. Ils savent tous où se trouve sa maison.

**** 

Tradisi fit une entrée en matière assez percutante et peu discrète. La clio de la brigade, après avoir traversé l'agglomération toute sirène hurlante, était arrivée devant le domicile de Sardanian, brulant la priorité à l'ambulance des pompiers, stoppant  en dérapant sur les graviers devant le portail de la maison. Au grand plaisir du gendarme qui l'avait prise en charge.

A celui-ci, elle avait été très claire quant à ses intentions.

-Ce cinéma commence à me les casser sérieusement.

Et devant l'air étonné de son subalterne, elle avait rajouté ;

-Collègue, il est grand temps que nous prenions les choses en main. A fond jusque chez la suicidé et que cela se sache.

Le sourire aux lèvres, le gendarme avait mis la gomme et tout le village sut que la maréchaussée voulait en finir.

Eléonore Dulaunoy vint à sa rencontre et la conduisit au fond du jardin tout en lui expliquant qu'à son avis, la trésorière devait être une accroc du suicide raté vu comment elle s'était passée la corde au cou.

-Merci jeune fille, bon travail. Va rejoindre le collègue à l'entrée. Personne ne doit pénétrer ici sans mon accord, même les pompiers.

-Ca va être coton, mais tu peux compter sur moi.

Entendant les pompiers se rapprocher, Eléonore partit en courant prêter main forte au gendarme en faction qui ne fit aucune objection aux ordres donnés, fort content, qui plus est, de se retrouver en si bonne compagnie.

Pendant ce temps, Julia avait rejoint Cernier qui tentait de rassurer l'ex pendue, allongée sur le gazon fraîchement tondu.

Un immense soulagement apparut dans son regard quand il sentit la main de Julia sur son épaule, tout sourire.

Décidemment, le chef n'aime pas toutes ces situations stressantes, pensa- t'elle.

-Bonjour madame Sardanian, comment vous sentez-vous ?

Sardanian était une belle femme, dans la cinquantaine, habillée sobrement mais portant des vêtements peu encombrants surtout pour un éventuel transport en ambulance. Le chignon bien apprêté, n'avait pas souffert de la pendaison.

Le souffle un peu rauque, la corde lui ayant quand même un peu appuyé sur la gorge, elle demanda d'appeler les secours.

-Ils arrivent, ils arrivent, mais avant qu'ils ne vous prennent en charge, dites moi quel est votre rôle dans l'assassinat de monsieur Parmentier.

-Je ne suis pas en état de vous répondre. Il faut m'amener à l'hôpital.

Au grand étonnement de Cernier, Julia répondit que les secours n'arriveraient que quand elle aurait répondu à ses questions.

Prise de court par cette déclaration, Sardanian releva le buste. S'appuyant sur son coude gauche, elle hurla.

-Mais vous êtes un monstre, je suis en train de mourir !

Cernier semblait prêt à prendre sa défense mais se retint à l'annonce de son officier. Si Sardanian ne répondait pas à ses questions, Tradisi appellerait le procureur et la ferait inculper de meurtre avec préméditation, soit prison à perpétuité

-Et je vous rappelle que vous n'êtes pas en train de mourir. Je pense que vous êtes une experte en faux suicide. Alors répondez et ensuite vous serez prise en charge par les pompiers.

Les yeux exorbités, Sardanian se mit à hurler de nouveau.

-Ce Parmentier était un salaud. Il a dénoncé le président pour détournement de fond.

-Ce président, quel rapport avec vous ?

-Le président ? Mais c'était mon président, le mien, rien qu'à moi. Je savais qu'il détournait les comptes de l'association mais c'était pour me faire des cadeaux. C'était mon amour caché et ce salaud a tout gâché. Parce que, après, le président m'a accusé de l'avoir fait chanter. Il m'a traité de tous les noms et m'a laissé tomber pour retrouver sa femme.

-Mais pourquoi avoir participé à cet assassinat ? Je ne comprends pas bien, vous n'aviez aucun lien avec Rivoli ?

-Rivoli savait pour le détournement car il était fort copain avec le président et quand il m'a appris qu'il allait faire un mauvais coup à ce salaud, je me suis jointe à eux, comme ça, par vengeance, sans réfléchir.

-Et c'est vous qui lui avait enfoncé la fourche dans le ventre ?

-Oui, ce salaud, bien que l'on lui ait cloué les mains et les pieds à cette foutue porte, il ne criait pas. Alors j'ai craqué. J'ai craqué hurla- t'elle !

Le corps convulsé de sanglots, Sardanian se recroquevilla sur elle-même.

Tradisi demanda à Cernier, déstabilisé par ces aveux, de rester auprès d'elle, le temps qu'elle rejoigne les pompiers dont les sirènes hurlaient devant la maison.

Julia savait par expérience que la plupart des homicides étaient la conséquence de situations sordides et minables à l'image même de leurs auteurs. Les victimes valaient souvent rarement mieux que leurs agresseurs mais là, elle pensait avoir de nouveau touchée le fond. Révoltée par cette injustice et ces aveux puants, elle pensa brutalement à la douce jeune femme prostrée devant la dépouille de son ami et à la tristesse d'Amaya. Ce fut d'un pas décidé qu'elle partit à la rencontre des secours, peu soucieuse de soulager la meurtrière. Et ce qu'elle vit augmenta encore un peu plus sa colère.

L'un des hommes du feu était rouge cramoisi, invectivant sans relâche le gendarme de faction qui avait l'expérience nécessaire pour ne pas se laisser impressionner par cet énergumène. Eléonore avait mis un brassard gendarmerie à son bras gauche et empêchait les autres sapeurs de pénétrer dans la cour, uniquement en faisant non de son majeur droit. Le masque de son visage ne donnait pas lieu à protestation, ce qu'apprécia Tradisi.

-Alors chef pompier, on insulte la gendarmerie nationale ?

Le pompier hoqueta et fit face à Tradisi.

-Vous ne m'impressionnez pas avec vos grands airs. Vous ne pourrez entrer que si je le décide.

-Je rentrerai si je veux lança le pompier.

Tradisi approcha son nez de l'homme en reniflant à plusieurs reprises. Puis se recula d'un pas.

-Vous êtes rouge de colère ou parce que vous êtes ivre ?

-Quoi ! hurla le pompier, je vais appeler le préfet et vous allez voir ce que vous allez voir !

Alors que l'homme s'apprêtait à faire demi-tour, Julia l'attrapa par le col qu'elle serra fortement et, son visage prêt du sien, elle lui dit que s'il ne se calmait pas, il finirait en garde à vue pendant quarante huit heures, préfet ou pas.

Sidéré, le pompier laissa tomber ses bras le long de son corps et s'effondra. Il fut embarqué sur le champ par ses collègues alors que les gens du samu, venant seulement d'arriver, se rendirent auprès de Sardanian avec son accord.

Julia apprit plus tard que le pompier rendit l'âme quelques heures après son hospitalisation, le cœur plus deux grammes cinq d'alcool. Ce qui conduisit les autorités à faire discrètement le ménage dans le corps des sapeurs pompiers du secteur. Et personne ne fit remonter l'altercation ayant entraînée la crise soudaine du pompier.

De retour à la gendarmerie avec Cernier, Tradisi appela le juge d'instruction. Son exposé fut bref, carré et très précis. La réponse du juge fut aussi expéditive.

-Je veux leurs aveux écrits sur mon bureau ce soir. Avant vingt heures.

Tradisi raccrocha et expliqua sans détour à l'adjudant les ordres du magistrat.

-Donc, pas de quartier. Le juge veut leurs aveux sur sa table avant vingt heures. Nous allons procéder ainsi.

Alors qu'elle indiquait la marche à suivre à l'adjudant, son portable sonna.

Le portant à son oreille, elle hocha la tête plusieurs fois.

-Bon travail, amène-moi la meuf avant qu'elle ne change d'avis.

Puis elle coupa son portable.

-Sardanian ne veut plus aller à l'hôpital. Les collègues la ramènent ici. Commencez à interroger l'idiot du village. Faites le monter en pression. Vous

172

pouvez vous faire accompagner par votre collègue qui m'a secondé tout à l'heure. Je vais m'occuper des deux avocats.

Le chef allait répondre quand il fut interrompu, lui aussi, par son portable. Confus, il prit la communication et remercia son auditeur.

-Désolé colonelle, mais c'était un collègue de la ville voisine qui m'indique que le président de l'union commerciale bave sur notre victime et son association.

Tradisi réfléchit un court instant.

-Rappelez votre collègue et dites lui de nous amener ce triste individu. Motif : vengeance sur autrui ayant entrainé le décès. C'est tiré par les cheveux mais je m'en fous. Si vous rencontrez un problème, appelez le juge de ma part.

****

Julia prit place face à Sardanian, assise de l'autre côté de la table dans le bureau désigné comme salle d'interrogatoire. De grandes cernes faisaient ressortir ses petits yeux marrons et le peu de maquillage qu'elle s'autorisait, s'écoulait misérablement sur ses joues. Sardanian n'était plus que l'ombre d'elle-même, son esprit naviguant dans un naufrage proche du cauchemar. Tradisi comprenait bien le ressenti de cette dame, ayant elle-même à plusieurs reprises vu son esprit se perdre dans ces limbes épouvantables.

-Vous avez refusé l'aide du samu ?

Sardanian hocha la tête.

-Qui avez-vous appelé avant de vous accrocher à la corde ?

-Les pompiers !

-A quel moment ?

-Quand j'ai aperçu la voiture de gendarmerie. J'ai compris que. Hésitante, elle ajouta :

-J'ai eu peur alors je me suis cachée dans mon abri de jardin. Ensuite j'ai appelé les pompiers et je me suis pendue. Comme cela m'a fait très mal, j'ai crié et l'adjudant Cernier est arrivé.

-Ainsi que l'autre collègue qui s'est précipitée également pour vous aider.

Sardanian la regarda avec mépris.

-Une femme gendarme ! Très peu pour moi !

-Je suis également une femme gendarme, comme vous dites. Mais moi je ne vais pas vous sauver. Je vais vous faire plonger en enfer.

Sardanian lui jeta un regard noir mais s'abstint de répondre.

-Bien, commençons par le début si vous le voulez bien, soupira Julia. Vous vous appelez Katryn Sardanian, c'est bien ça ?

Sardanian hocha la tête.

-Madame Sardanian, vous devez me répondre clairement car toutes vos déclarations vont être enregistrées à partir de maintenant. Vous m'entendez madame Sardanian, dit-elle en haussant légèrement la voix.

La femme releva la tête vers elle et hocha une nouvelle fois affirmativement la tête.

-Veuillez répondre d'une voix claire et audible à ma question s'il vous plait !

-Excusez-moi, je suis perdu, vous comprenez, dit-elle d'une voix plus nuancée.

-Répondez clairement à mes questions et cela se passera bien. Je vous rappelle que vous avez refusé l'assistance d'un avocat.

-Oui, je m'en souviens et je ne veux toujours pas être assisté par un avocat. C'est inutile.

-Merci. Commençons. Allez-y.

Dans un soupir, Sardanian prit la parole et débita d'une voix monocorde ses aveux.

-Je m'appelle Katryn Sardanian, j'ai cinquante deux ans, célibataire et j'ai assassiné Hugo Parmentier en lui enfonçant une fourche dans le ventre. Je suis un monstre.

Sardanian s'écroula sur la table, la tête entre les bras ; le haut de son corps était secoué de soubresauts tant elle pleurait.

Julia la fixa un moment.

-Madame Sardanian, regardez-moi! Regardez moi dit elle d'un ton plus rude. Pourquoi l'avez-vous tué ?

-Je vous l'ai déjà dit, murmura - t'elle le visage toujours enfouie dans ses bras.

-Madame Sardanian, je vous ai déjà demandé de me répondre clairement et de façon audible. Alors, reprenez-vous, levez la tête et regardez moi pour me répondre.

Tradisi n'avait pas haussé le ton mais sa voix avait durci et elle commençait en avoir assez, même si elle comprenait ce que ressentait l'accusée.

Sardanian releva la tête et fixa le visage de la gendarme assise en face d'elle. Elle ne vit qu'un visage fermé et des yeux totalement inexpressifs.

-J'ai tué Hugo parce qu'il avait dénoncé l'ancien président de l'association pour détournement de fond. Tout ça parce qu'il voulait sa place et qu'il me détestait. Thomas était mon amant et n'a pas supporté ces accusations. C'était un homme honnête.

-Pourquoi dites vous c'était.

-Parce que à partir de ce jour, il a refusé de me revoir et il a quitté définitivement ma vie.

-Je ne comprends pas bien. Chez vous, vous m'avez dit qu'il était à l'origine des détournements des fonds de l'association et maintenant vous me racontez qu'il était honnête !

-Je vous ai menti tout à l'heure car je n'en avais plus rien à faire. Je croyais que j'allais mourir.

-Vous exagérez un peu non ! Vous ne vous êtes pas balancée longtemps au bout de votre corde qui, soi dit en passant, n'aurez pas tenu le coup. Mauvais jeu de mot, excusez-moi, mais la corde n'était suffisamment pas assez solide pour vous faire mourir. Des pendus, j'en ai vu plus que de raison et des faux suicides aussi. Beaucoup. Beaucoup trop.

-Comment osez-vous éclata Sardanian en se levant.

Tradisi se leva aussi et lui hurla dessus.

-Assis et fermez-là.

Devant cette ruade peu académique dans une gendarmerie, Sardanian reprit sa place sans mot dire, complètement hébétée.

-Alors, la vérité ?

Essayant de sortir de cette torpeur due à la réplique de l'officier, Katrin reprit :

-Les détournements, c'était moi. Moi toute seule. Thomas s'en était aperçu et m'en avait informé. Mais il était fou de moi. On baisait n'importe comment, dans n'importe quel endroit. J'aimais ça mais lui encore plus. Nous avons même filmé nos ébats, fait des photos. C'était complètement dingue. Mais ça coutait cher. Et lui, comme il était marié, il ne pouvait pas dissimuler à sa femme des dépenses anormales. Alors je payais pratiquement tout. Comme il était souvent en déplacement, je m'arrangeais pour le rejoindre. Trains, taxis, hôtels, restaurants, tout cela nécessitait beaucoup d'argent. Mon salaire de psy n'y suffisait plus et j'ai commencé à m'endetter. Comme je ne voulais pas renoncer à toutes ces soirées qui me transportaient et permettaient de supporter ma misérable vie, j'ai commencé à détourner l'argent de l'association.

-Comment procédiez-vous ? Il y a des contrôles de la part des autres membres du conseil d'administration ?

Sardanian soupira.

-Personne ne voulait être trésorier. Donc personne ne contrôlait. En plus, mine de rien, c'était une très grosse association : de la musique, de la danse, du sport, du chant, des gardes d'enfants, du périscolaire et même le club des vieux. Nous organisions aussi des voyages, des repas, des lotos. Très compliqué à gérer. Une fois, quelqu'un dans une réunion, a exigé de voir les comptes. A cette époque, j'avais déjà commencé à détourner des fonds, alors, je suis resté très calme. J'ai expliqué que je passais pratiquement toutes mes soirées sur la compta, plus une grosse partie de mes weekend sans compter les déplacements dans les banques, ce qui était vrai. Mais je ne pouvais pas laisser faire ce, Sardanian hésita, enfin vous comprenez. Alors je me suis levé, j'ai arrêté mon ordinateur portable personnel mais, en réalité, payé par l'association. J'ai vidé mon attaché-case sur le bureau, j'ai déposé les cartes bancaires et j'ai dit que j'étais fatiguée et que je démissionnais. Je me suis levée pour partir mais Thomas est intervenu et a dit que cela suffisait. Et patati et patata. Et que je ne pouvais pas partir.

-Il savait que vous détourniez des fonds ?

-Oui. Après, il a promis au type qui voulait voir les comptes qu'il organiserait une réunion exprès sur la trésorerie. Cela a calmé le type et bien sur, Thomas n'a jamais organisé une telle réunion.

-Comment détourniez-vous les fonds ?

-Au début, j'ai fait de fausses dépenses de bouffes. C'est très facile. En plus personne ne veut contrôler tous les tickets des magasins. Je trafiquais les factures. Avec un bon scanner, vous pouvez transformer n'importe quelles factures, sans trop exagérer. Puis, j'ai créé des faux adhérents qui avaient des frais. Et j'ai détourné les subventions allouées. Les subventions, c'était encore plus facile à détourner surtout en périodes électorales. Et puis Parmentier est arrivé. Et, je ne sais comment, il a réussi à prouver que des fonds étaient détournés mais pas par qui. Alors, pour éviter un scandale, le président, quand il a compris qu'il n'était plus possible de nier, a déclaré qu'il en était responsable et qu'il allait rembourser les sommes en cause. Ce qu'il a fait.

-Mais pourquoi a-t'il dit que c'était lui ?

Sardanian la regarda d'un air du genre, mais t'es complètement conne ma fille !

-D'accord, vous l'avez fait chanter. S'il prenait tout sur lui, vous ne dévoileriez rien de votre complicité.

-Voilà, en plus  sa femme a beaucoup d'argent et possède en totalité son entreprise. Sa position devenait intenable. Et moi, oui moi, tout le monde s'en foutait alors que tout s'écroulait autour de moi. Je me sentais vidée. Mais j'étais prête à tout et il le savait.

-Sa femme n'a rien dit quand il a déclaré ces détournements ?

-Elle est, comment dire, très passive. Enfin était très passive. Quand Thomas a remboursé les sommes détournées, je ne sais pas ce qu'elle a exigé, mais il avait totalement changé. Méconnaissable.

Cette réponse fit grogner Julia, ce qui inquiéta Katrin.

-D'accord, continuez.

-Nous nous arrangions toujours pour nous retrouver après son faux aveu. Mais ça ne marchait plus. Puis, nous avons arrêtés de nous voir car il ne me faisait plus confiance. A cause des photos. Nous avions perdu tout intérêt à nous retrouver ; bizarrement.

-Une minable affaire de cul qui se termine sur un meurtre.

-Ben, faut bien une fin.

-En plus, vous êtes cynique.

Sardanian soupira une nouvelle fois.

-Je me sens mieux maintenant ; je peux rentrer chez moi ?

Julia la regarda fixement dans les yeux.

-Vous êtes une salope de la pire espèce.

Sardanian se mit à rougir.

-Premièrement, je vous accuse de meurtre et j'espère qu'aux assises, les jurés vous condamneront à perpétuité parce que votre crime et votre personne sont ignobles.

Deuxièmement, et j'espère que cela va vous faire mal, très mal. Hugo Parmentier ne vous a pas dénoncé parce qu'il ne savait pas que vous aviez détourné des fonds. Ce sont des maires dont vous détourniez les subventions qui s'en sont aperçu. Ils ont demandé une enquête à la préfecture et aux différents services administratifs.

Troisièmement, monsieur Parmentier a repris la présidence de votre association par amitié avec ces maires et pour rendre service aux utilisateurs de l'association en question. Et il a insisté pour que vous restiez trésorière car il avait pleinement confiance en vous.

Sardanian la regarda avec des yeux de chien battu, sans animosité, les épaules basses puis, tout d'un coup, se ranima.

-Vous n'avez rien compris commissaire !

-Colonel, pas commissaire.

-C'est pareil !

-Pas pour moi et j'exige que vous en teniez compte.

Sardanian ricana.

-Je m'en fous ! Quand Thomas était président, il était invité à toutes les réunions du département et il m'emmenait avec lui. Nous côtoyons les maires, pas ces petits maires merdeux qui l'ont dénoncé, mais les maires des grandes villes. Le sénateur me faisait la bise ainsi que le député. Le sous-préfet nous invitait à toutes les Garden parties qu'il organisait avec les chefs d'entreprise du secteur et pas des moindres. J'avais une grande notoriété. Je faisais partie des gens qui comptaient.

-Ce Thomas était invité comme chef d'entreprise, pas comme président d'association. Ne croyez-vous pas ? Il vous trainait partout avec lui comme un objet qu'il exhibait !

Sardanian ricana une nouvelle fois, les lèvres retroussées de rage. Et elle continua sur sa lancée nauséabonde et minable.

-Avec Parmentier, oui il me faisait confiance ce con, mais nous n'allions nulle part. Il refusait toutes les invitations sauf celles des gendarmes et encore. Il y allait tout seul à ses frais alors qu'avec Thomas, nous nous faisions rembourser tous les frais de déplacement, la bouffe, les repas même si on ne payait pas et régulièrement les hôtels prétextant que les réunions se terminaient trop tard pour entrer en toute sécurité.

-Et vous en profitiez pour vous envoyer en l'air aux frais des gens de votre association.

Sardanian avait pris un air mauvais, celui qui occupait son visage quand elle était chez elle, seule devant son miroir.

-A propos, sur votre lieu de travail ; comment ça se passait ? Vous détourniez les fonds attribués à vos patients car vous êtes bien psy dans un centre pour adultes handicapés ?

-Pfeu, je touchais deux mille cinq cent euros par mois pour traiter des gens soi-disant dépressifs ou violents. Des tarés oui ! De toute façon ils ne comprenaient rien alors je passais mon temps à leur faire faire des dessins. Quant aux remboursements de frais, il fallait se prostituer pour essayer d'en avoir.

-Personne ne contrôlait votre travail ?

-Une fois par an, un psy de l'ARS venait me voir. Il se foutait pas mal de savoir comment je bossais. La seule chose qui l'intéressait, c'était de me sauter.

-Et vous ?

-Ouais, j'aimais bien.

-Vous trompiez votre ami le président !

-Il couchait bien avec sa femme !

Julie fit la moue.

-Evidemment, c'est une façon de voir les choses et quand on découvre le fond de votre caractère, on n'est pas étonné de tant de cynisme.

-Vous ne connaissez rien à la vie, colonel ajouta en ricanant Sardanian.

-Fermez- la Sardanian. D'ailleurs, je vais vous dire, vos soi- disant amis, les maires, sénateurs et autres élus, je les ai tous eu au téléphone. Aucun ne vous a soutenu et quand je leur ai annoncé que vous trempiez activement dans les détournements de fonds qu'ils vous ont octroyé, ils se sont tous engagé à témoigner contre vous, prétextant qu'ils avaient déjà mis en place des enquêtes contre vos agissements.

Sardanian la regarda inquiète et furieuse.

-Comment peuvent- ils faire des choses pareilles ? Vous mentez, vous voulez me déstabiliser hurla t'elle. Vous ne les avez pas appelé, vous n'en avez pas eu le temps. Vous mentez, vous mentez !

Evidemment Julia n'avait appelé personne mais elle savait, pour y avoir été souvent confrontée, que tous ces élus nieraient avoir eu le moindre contact avec elle.

-Voilà madame Sardanian, annonça Julie en éteignant le magnétophone, votre vie s'arrête ici. Vous avez cinquante deux ans et si les juges sont de bonne humeur, quand vous retrouverez la liberté, vous aurez quatre vingt deux ans. Vous serez vieille et encore plus laide que vous ne l'êtes aujourd'hui.

Gendarme, mettez cette personne dans une cellule en attendant que le juge décide des suites à donner. Isolement absolu.

-Bien colonel.

-Et amenez –moi l'avocat.

Le gendarme de faction menotta Sardanian, les mains dans le dos et quitta avec elle la salle d'interrogatoire.

Julia en profita pour aller boire un verre d'eau et se rendre aux toilettes. En passant, elle demanda à l'adjudant Cernier de l'assister.

Celui-ci lui annonça que le président de l'union commerciale était arrivé.

-Il a réclamé la présence de son avocat, qui n'est autre que Pelletier, dès qu'il a mis les pieds ici.

-Comment a-t'il réagi quand vous lui avez annoncé sa situation.

-La situation de son avocat ?

Julia approuva de la tête.

-C'est un sale type et j'ai pris beaucoup de plaisir à lui annoncer bien en face que son avocat était accusé de meurtre et qu'il était actuellement incarcéré dans nos locaux. Stormayeur est devenu livide, il a fallu le conduire aux sanitaires rapidement pour éviter qu'il ne se pisse dessus.

Julia rigola.

-Je ne pense pas qu'il écopera d'une condamnation importante mais il se souviendra de ce moment. Bon, passons à notre cher avocat. Il va falloir la jouer finement si nous voulons arriver à prouver que ce meurtre était prémédité. Encore que. C'est tellement primaire comme situation qu'il va peut être tout déballer sans fioritures.

-Il connait la musique et il va sans doute nier toute implication active et tout coller sur le dos de son copain et de son protégé.

-Cela se pourrait, surtout que je n'arrive pas à comprendre ce qu'il fait dans cette histoire. Sardanian avait la haine de Parmentier comme mobile, Rivoli croyait que Hugo était à l'origine de ses ennuis avec le fisc, Dassonville a le fond méchant et en plus il est débile. Alors Pelletier.

Julia soupira.

-Bon allons-y. La journée avance et il est temps que cette histoire minable se termine. Euh, chef !

Cernier se tourna vers elle, sans une certaine crainte de ce qu'elle allait lui demander. Il commençait à fatiguer. Et ce deuxième jour, si on considérait que Parmentier avait été assassiné la veille au soir, même très tard dans la soirée, ne lui avait pas laissé une minute de répit. Il coordonnait toutes les enquêtes confiées aux gendarmes sous ses ordres concernant les faits et gestes des divers intervenants de la fête, tout en assurant la sécurisation des lieux du crime au cas où les équipes scientifiques veuillent revenir. A cela s'ajoutait le ballet des interrogatoires, sans temps mort, menés un peu à la hussarde et toujours éprouvants. Mais très efficaces pour qui s'efforçait de comprendre le processus de Tradisi.

-Dites-moi, ce Thomas machin quelque chose, l'ancien président, il faisait quoi exactement ?

-Chef d'entreprise d'une grosse boite de BTP, président de la chambre de commerce et d'industrie, membre donateur de l'équipe de foot locale et, je ne sais pas tout, membre du bureau de la section départementale ou régionale, à vérifier, du parti politique dans lequel vous y trouverez députés, sénateurs et autres élus du coin.

-Motifs pour lesquels il était invité partout et non pas en tant que président d'association. J'avais bien vu. Et Sardanian le suivait partout. Et elle réglait tout ou parti de leurs escapades amoureuses. Lui était clean, aucun débours illicites dans ses comptes. Et il pouvait emmener sa maîtresse avec lui sans que cela ne gêne ce petit monde.

-Je n'arrive pas à croire que Sardanian ignorait les raisons réelles de toutes ces invitations.

Tradisi haussa les épaules.

-Feindre l'ignorance devait l'arranger. En plus, elle est une très jolie femme, il faut bien le reconnaître.

Elle avait du s'arranger pour faire partie du paysage sans que cela dérange qui que ce soit. Et je ne serais pas étonnée d'apprendre qu'elle ait eu quelques relations très étroites avec quelques individus rencontrés dans ces …..

Julia ne termina pas sa phrase. Et dans un grand sourire :

-Merci chef de m'écouter avec autant d'attention. Bien, amenez-moi l'avocat qu'on en finisse.

Cernier lui rendit son sourire et, un peu plus léger que les minutes précédentes, partit chercher Pelletier.

**\*\*\*\***

Celui-ci refusa le soutien de ses associés et de toute autre aide juridique. De toute façon, ceux-ci s'étaient éclipsés après s'être entretenus avec Tradisi.

-Pourquoi ?

-La honte. J'ai travaillé avec ces deux personnes pendant plusieurs années mettant en avant notre sens commun de la justice. Notre relation ne se limitait pas à notre profession. Nous passions régulièrement des vacances en famille ou partagions des soirées. Comment voulez-vous que je leur dise en face que j'ai participé même passivement, notez-bien cette déclaration Madame, à un assassinat. Tout ça parce que j'étais bourré et que j'entretenais des liens étroits avec Katrin Sardanian.

-Comment ça des liens étroits ? Soyez un peu plus explicite.

Pelletier se mit à rougir.

-Ben, hésita- t'il, Rivoli m'avait fait rencontrer Sardanian et de fil en aiguille, je suis devenu son amant.

-De là, à participer à un meurtre !

-Au début, on devait juste lui faire peur. Je ne voulais pas en être mais Katrin a menacé de dévoiler notre relation à ma femme.

-Et elle avait des photos.

Pelletier la regarda étonné.

-Comment savait-vous cela ?

-Elle avait procédé de la même manière avec l'ancien président de l'association poursuivi pour détournement de fonds publics.

On ne pouvait pas dire si le visage de Pelletier virait au  gris ou au vert, mais il est assuré qu'il n'a pris pleinement conscience de la situation dramatique dans laquelle il se trouvait qu'à ce moment là.

Tradisi le regardait fixement, appréciant à sa juste valeur le changement d'attitude de l'avocat. Elle jubilait intérieurement quand elle constatait que les ordures comme celle qu'elle avait en face d'elle, réalisaient dans quel cauchemar  elles allaient devoir désormais se mouvoir.

Dans un murmure il lui demanda si les détournements de fond imputés à son amant étaient de son fait.

Julia affirma ses dires simplement en clignant des paupières.

-Bien, je vous écoute.

-Rivoli n'a pas fait les grandes écoles comme vous l'avez certainement constaté ; mais il n'avait pas son pareil pour emberlificoter ses clients ainsi que toutes les administrations avec lesquelles il passait des contrats. Pots de vin, détournements de fonds publics, arnaques sur les factures, fausses factures, corruption, etc, etc. Mais parfois, souvent même, c'était tellement grossier que ceux qui osaient s'opposer à ses méthodes n'avaient aucun mal à le trainer devant les tribunaux. Et c'est là que j'intervenais car il payait bien, cash, sans traces. Je le sortais souvent de ces problèmes, les dossiers étaient mal montés. Les poursuites annulées pour faute procédurière étaient légions. Mais Rivoli ne comprenait pas bien tout cet artifice législatif et croyait que je le défendais bien parce que nous étions copains. Il est vrai que quand il m'a fait connaître Sardanian, nos liens sont devenus encore plus étroits.

-Il était également l'amant de Sardanian ?

-Oui.

-Mais qu'est-ce qui a changé dans votre façon de faire ?

-Le juge d'instruction. Le nouveau que vous avez certainement rencontré. Il a d'abord fait pression sur le procureur de la république qui était très laxiste et il a pris très à cœur tout ce qui touchait les détournements de fonds relatifs aux contrats avec les collectivités locales. Rivoli s'en est beaucoup inquiété car j'ai perdu coup sur coup deux affaires de travail au noir avec des mairies. Puis est arrivée l'affaire de l'association locale avec les deux maires qui s'étaient portés partie civile, aidé en cela par le nouveau sous-préfet. Et tout a basculé. Tout s'est emmêlé, Thomas le président, Sardanian, Rivoli. Il a fallu présenter des relevés de comptes bancaires, des procès verbaux d'assemblées générales accompagnés des pièces comptables ; enfin, bref, tout ce que les administrateurs de l'association étaient en droit de réclamer et qu'ils n'ont jamais fait.

-Pourquoi ?

-Parce que les gens veulent tout mais surtout ne veulent pas s'impliquer et prendre de trop grandes responsabilités. Sardanian a fini par péter les plombs. Elle a fait pression sur Rivoli puis sur moi et de fil en aiguille, nous nous sommes remontés le bourrichon. Et, dans notre grande stupidité, avons estimé que Parmentier était la cause de tous nos malheurs. Je dois dire que Katrin ne nous a pas lâchée une seconde et pour nous humilier davantage, elle a balancé quelques photos sur lesquelles on ne nous reconnait pas mais nous, nous savions de quoi il s'agissait.

Alors, excédé, Rivoli et moi, avons décidé de faire une action punitive contre Parmentier. Surtout pour calmer Katrin. Mais, comme vous avez pu vous en apercevoir, cela ne s'est pas passé comme nous l'avions prévu.

-Que deviez-vous faire à l'origine ?

-On savait que Parmentier était très courtisé par les filles du groupe et que quelques unes n'hésitaient pas, lors des essayages des costumes, à se balader en petites tenue devant lui. Alors, nous avons essayé de monter une arnaque avec quelques gamines peu difficiles. Le genre de truc dont on ne se remet jamais. En échange de notre silence, on lui aurait demandé de faire pression sur les élus pour arrêter les poursuites. Mais ça ne s'est pas passé comme cela. Les gamines se sont dégonflées sans doute à cause de Dassonville qui était avec nous.

-Pourquoi ?

-Il était bourré et il n'arrêtait pas d'essayer de peloter les filles. Comme il est plutôt con et moche et puant, elles se sont barrées.

-Comment s'appelaient telles ?

-Zoé et Tania.

-Certains ?

-Oui. On dirait des saintes nitouches mais elles n'en ont que l'apparence.

-Pourquoi Parmentier avait la côte avec les filles ?

-Parce qu'il était sympa, cultivé, jamais grossier, attentionné. Le contraire de nous.

-Il était apprécié par toutes les femmes ?

-Oui, jeunes et vieilles, enfin vieilles, vieilles par rapport aux jeunes.

-Cela vous rendait jaloux ?

Pelletier hésita.

-Oui, certainement. Surtout que nos propres épouses en parlaient comme un type bien, respectueux, bien qu'un peu maniéré mais ça, ça ne les dérangeaient pas.

-Au contraire de vous !

-Oui. Ça nous arrangeait que nos épouses s'impliquent dans cette association car cela nous permettaient de nous rencontrer. Enfin moi et Katrin. Enfin, vous voyez !

-Oui je ne vois que trop bien mais pourquoi alors étiez-vous jaloux ?

Julia ne le savait que trop bien car si les contrôles financiers et fiscaux exaspéraient et inquiétaient ce petit monde, le fait qu'un type un peu maniéré et étiqueté comme homosexuel alors qu'il n'en était rien, tourne autour de leurs femmes, les rendaient fous. Et elle voulait qu'il le lui dise de vive voix et que cela lui fasse très mal.

-Répondez à ma question monsieur Pelletier.

-Ben, hésita- t'il, il avait bien compris ou la gendarme voulait en venir. Ben, parce qu' on ne supportait pas qu'un pédé tripote nos femmes.

-Et maintenant qu'il est trop tard, je peux vous affirmer que Hugo Parmentier n'était pas homosexuel et qu'il ne courtisait pas votre femme, ni les autres d'ailleurs. C'était un type bien. Et votre homophobie stupide va vous conduire aux assises.

-Mais, je ne l'ai pas tué ! explosa - t'il !

-Qui alors ? répliqua d'une voix plus forte Tradisi.

-Sardanian.

-Plus fort. Je n'entends pas ce que vous dites. Parlez plus fort monsieur Pelletier.

-Katrin Sardanian.

-Expliquez-moi un peu ça. Katrin Sardanian est la seule femme de votre groupe d'abrutis et c'est elle et elle seule qui aurait commis ce crime !

Pelletier voyait bien qu'il s'enfonçait de plus en plus et comme la tête lui tournait, il ne savait plus très bien ce qu'il avait déclaré auparavant.

-Dassonville avait amené la porte en bois quelques jours avant le spectacle. Il l'avait déposé derrière la salle, dans un coin un peu sombre. Personne n'y avait trouvé à redire car c'était l'effervescence dans l'association. En plus, on avait veillé à ce qu'il soit à jeun et qu'il ne s'approche pas des filles. Pour une fois, il nous avait écoutés.

-Comment avez-vous fait après ? La porte était relevée ou posée à plat ?

-Non. Ce n'est pas ça. Rivoli lui avait dit de laisser la porte accrochée à la fourche hydraulique du tracteur et donc de laisser ce tracteur sur place. Cela n'a pas été simple.

-Pourquoi ?

-Dassonville ne voulait pas abandonner son tracteur. Tout le monde trouve que c'est idiot comme réflexion mais c'est son tracteur. Faut comprendre !

-Et la porte ?

-La porte était à hauteur d'homme, penchée suffisamment pour n'avoir qu'à y plaquer Parmentier.

-Personne n'a rien trouvé à redire pour ce tracteur ?

-Non ! Parmentier avait eu besoin de pas mal de machines agricoles pour transporter les décors, installer tout le bastringue. Donc pas de problème.

-Venons -en au jour même.

-Le soir, à la fin du spectacle, c'était le grand bazar car ils devaient organiser la cérémonie de clôture. C'est ma femme qui me l'a dit.

-Elle était dans la salle ?

-Dans les coulisses. Ils avaient besoin de beaucoup de personne pour encadrer les plus jeunes.

-Cela ne vous a pas embarrassé de faire vos petites affaires sachant votre épouse à proximité ?

Pelletier ne répondit pas. Puis il reprit.

-On savait que Parmentier n'aimait pas les effusions, ce genre de chose qu'il est bien le seul à ne pas apprécier.

Julie ne répondit pas, elle-même n'aimant pas particulièrement ce genre de manifestations trop hypocrites à son gout.

-Et quand ce fut le final, Parmentier est sorti à l'arrière pour prendre l'air.

-Et il est tombé sur vous.

-Oui.

-Comment a-t'il réagi ?

-Il avait les traits tirés et semblait très fatigué. Quand il nous a vu, il n'a rien dit, juste un petit salut de la tête.

-Et puis ?

-Rivoli et moi l'avons attrapé par les bras et l'avons plaqué sur la porte pendant que Dassonville lui tenait les jambes et puis, Pelletier hésita, Sardanian est arrivé avec une cloueuse hydraulique, un truc de pro et lui a cloué les mains et les pieds.

Julia regardait l'homme racontant cet épisode peu glorieux, la tête baissé.

-Regardez moi quand vous me parlez lui dit- t'elle d'un ton sec.

Pelletier releva la tête. Il semblait effrayer par ce qu'il racontait.

-La suite !

-Je ne sais pas d'où sortait cette agrafeuse mais il était trop tard. Katrin l'avait accroché à la porte comme l'on épingle un papillon sur une planche en carton.

-Mais ce n'était pas un papillon.

-Non, souffla l'avocat.

Le silence s'installa entre les deux protagonistes puis Pelletier poursuivit.

-Dassonville a mis le tracteur en route et a relevé la porte accrochée à la fourche de son engin. Parmentier ne disait toujours rien ; pourtant il devait souffrir car j'ai bien vu son corps s'affaisser vers le bas par son poids mais retenu par les clous dans ses mains. Il nous regardait d'un air étonné, comme quelqu'un qui ne comprenait pas ce qui lui arrivait, pourtant il devait avoir mal. Et puis, on a entendu un cri de rage. C'était Sardanian qui s'élançait vers Parmentier, complètement timbrée, en hurlant, une fourche à la main et ….

Pelletier hésita une nouvelle fois.

-Continuez ! ordonna Tradisi d'une voix rauque.

-Et elle lui a enfoncé la fourche dans le ventre, comme ça, férocement. Je ne l'avais jamais vu comme cela. Elle avait du péter les plombs. Elle finira sa vie dans un asile.

-Hum, un conseil, monsieur Pelletier, si vous dites encore une fois que Sardanian n'avait plus toute sa tête, je m'arrangerais pour que les procès verbaux que je vais transmettre au procureur indiquent que vous aviez préparé cet assassinat avec Katrin Sardanian. Et vous savez ce que cela veut dire.

-Mais je ne l'ai pas tué. On voulait juste lui donner une leçon. C'est Sardanian la coupable, essaya t'il de se défendre.

-Mais moi, je ne veux pas qu'elle termine sa vie tranquillement dans un centre spécialisé.

Pelletier regarda Julia d'un air désespéré puis accepta.

-Dernière question, Dassonville a compris ce qui se passait ?

-Oui, mais…

-Oui mais quoi ?

-Tout ce qui l'intéressait était d'aller dans les coulisses voir les filles. Surtout que c'était la fin de spectacle, ça courait partout, les portes des vestiaires n'étaient forcément pas bien fermées. Enfin, vous voyez quoi.

-Non, je ne vois pas.

Pelletier soupira.

-Mais si, vous voyiez bien.

-Expliquez -vous mieux que ça monsieur Pelletier.

-Bon, quand nous sommes arrivés, nous sommes rentrés dans les coulisses pour faire un point. Ça grouillait de partout. Le dernier numéro était presque fini et toute la troupe devait se mettre en place pour le bouquet final. Certaines participantes devaient se changer, d'autres réparaient leur costumes. Ça s'agitait beaucoup. Nous étions quand même restés un peu à l'écart mais suffisamment prés pour voir dans certaines loges, sans compter les gamines, les ados, les jeunes femmes aussi qui couraient dans le couloir central pas très habillées. Parmentier était à la régie, vers le milieu. Vous avez du voir cet espace un peu surélevé.

Julia fit signe oui de la tête.

-Et il dirigeait tout ce bazar pour le final. Et puis, tout le monde a disparu dans diverses directions pour la séance de fin. Sardanian a demandé si Parmentier allait participer au final.

-A qui a-t'elle demandé cela ?

-A une des gamines que nous avions pressenties pour coincer ce type.

-Zoé ou Tania ?

-Zoé, mais l'autre était avec elle. Et elle nous a indiqué que Parmentier continuait la direction de la phase finale mais que pour les applaudissements, il laissait la place à son adjointe, Rodrigues, un nom espagnol comme ça. Les filles se sont sauvées. Alors nous sommes ressortis attendre que les applaudissements commencent.

Nous comptions nous rendre dans les coulisses mais Parmentier, cet idiot, est sorti.

Pelletier avait haussé le ton.

-Il est sorti ce con, vous comprenez, il est sorti hurla- t'il.

Pelletier s'était levé de sa chaise, menaçant Tradisi.

Les gendarmes qui surveillaient l'opération, l'empoignèrent et le firent rassoir de force.

-Vous êtes foutu Pelletier.

Julia arrêta le magnétophone et ordonna aux gendarmes d'embarquer ce sale type. Puis elle sortit dans la cour de la gendarmerie, rejoint en cela par Eléonore.

Elles restèrent un moment assises sur un vieux banc, sans rien dire. Puis la jeune femme toucha délicatement les doigts de la main gauche de Julia. Celle-ci tourna la tête vers elle et sourit.

-Bon, terminons-en.

Julia se leva, retourna dans la salle d'interrogatoire et demanda qu'on lui amène Dassonville.

Celui-ci avait l'air encore plus ahuri que lors de son premier interrogatoire.

Julia l'attaqua bille en tête.

-Qui vous a dit d'amener la porte en bois ?

Dassonville bafouilla.

-Répondez dit-elle d'une voix forte.

L'homme se tortilla sur sa chaise. Pas bien à l'aise.

-Qu'est-ce qui vous gène ?

-Ben, c'est mon tuteur.

-Rivoli ?

-Oui.

-Pourquoi cela vous gène- t'il ?

-Ben, il m'avait dit d'amener la porte à la salle et comme cela, je pourrais voir les filles. Mais qu'il fallait pas que je le dise.

-Pourquoi ?

Dassonville se gratta la tête.

-Je sais pas !

-Et les filles, vous les avez vu ?

-Oui, enfin pas vraiment comme ça.

-Vous les avez vu ou pas ?

-Monsieur Rivoli m'avait dit que là où je devais poser la porte, il y avait une fenêtre qui donnait sur les vestiaires de mes copines et que je les verrais.

-Cette fenêtre, elle était où, près de la porte de secours, à l'arrière de la salle ?

-Oui. Juste là, comme vous dites.

-Vous avez vu les filles ?

-Oui, par la fenêtre. Elles étaient pas beaucoup habillées et elles parlaient avec monsieur Rivoli.

-Qu'est-ce qu'il leur disait ?

-Je ne sais pas mais il leur tendait des billets et puis elles m'ont vu que je regardais par la fenêtre et elles ont fait non de la tête. Rivoli était très fâché et il est sorti. Quand il m'a vu, il m'a dit de bien mettre la porte en bois sur le côté du lampadaire pour pas qu'elle soit très visible et de la laisser suspendue à la fourche, mais presque à plat.

-Vous connaissez les noms des filles ?

-Ben oui. Zoé et Tania.

-Une dernière question !

-Après je pourrai rentrer chez moi ?

-Cela dépendra de la réponse.

Dassonville se fit très attentif, tant il était désireux d'entendre la question et foutre le camp au plus vite de cet endroit.

-Quand monsieur Parmentier est sorti, le soir de la fête, vous l'avez attrapé par les bras ?

Dassonville se mit à réfléchir voulant donner l'impression qu'il y mettait tout son cœur.

-Quand il est sorti, je l'ai attrapé par le bras droit et Rivoli par l'autre et on l'a posé sur la porte. Monsieur Pelletier, là, l'autre, le copain de mon tuteur, il l'a attrapé par les jambes.

-Pelletier dit que c'est vous qui lui teniez les jambes !

-Ah bon ? Peut-être !

Gabriel Dassonville hésita puis reprit.

-Et puis, la folle, elle s'est pointée avec une agrafeuse, un gros truc, et elle l'a agrafé à la porte par les mains et par les pieds. Comme ça, quatre coups, sans trembler. Moi, j'aurai pas pu faire ça. J'arrive déjà pas à tuer les poules et les lapins chez moi. Alors, clouer un mec sur une porte !

-Et puis ?

-Ben, le gars, il disait rien. Monsieur Rivoli m'a dit de redresser la porte. Je suis monté dans le tracteur, je l'ai mis en route et j'ai levé la fourche. Après je suis descendu mais mon tuteur m'a engueulé car j'avais pas arrêté le moteur. Je suis remonté pour couper le moteur et quand je suis redescendu, j'ai vu la folle hurler et arriver en courant avec une fourche et hop, elle a embroché le mec. Il disait toujours rien. Puis mon tuteur, il était tout blanc, il m'a dit de manœuvrer et de poser la porte contre l'arbre à côté pour pas qu'elle tombe puis de rentrer avec le tracteur.

-Quand mes collègues sont venus vous chercher, ils m'ont dit que vous étiez ivres !

-Après ; parce que avant, je sais que les gendarmes, ils en ont après moi. Alors je bois pas quand je vais au village.

-Vous avez bu tout seul ?

-Non, monsieur Rivoli est venu chez moi avec son copain. Ils avaient de la bière ; on a bu. Et puis ils sont partis et m'ont laissé la bière.

-Ils étaient comment ?

-Ben, énervés ! Surtout l'autre, l'avocat.

-Et la femme ?

-L'autre folle ? Elle était pas là.

-Que disait votre tuteur chez vous ?

-Rien ! Mais ils étaient pas bien ; ça se voyait mais ils avaient beaucoup bu.

Un moment passa, sans parole.

-Monsieur Dassonville, regardez moi bien et surtout écoutez ce que je vais vous dire. D'accord ?

L'homme hocha la tête en guise d'assentiment et planta son regard dans celui de Tradisi.

-Monsieur Dassonville, vous comprenez que vous avez participé à un meurtre ?

L'homme baissa les yeux sans répondre.

-Monsieur Dassonville, reprit Julia d'une voix plus douce, regardez moi et répondez moi.

Dassonville se tortilla de nouveau sur sa chaise puis se redressa et regarda Julia.

-Je l'ai pas tué dit-il d'une voix terne, mais j'ai compris que j'avais aidé à le tuer. Je vais aller en prison ?

-Je pense que le juge va demander une expertise psychiatrique. Après, il est probable que vous partiez dans un centre spécialisé pour de longues années mais vous n'irez pas longtemps en prison sauf si vous nous avez menti.

Le visage ravagé parce qu'il venait d'entendre, Dassonville voulut ajouter quelque chose mais n'arrivait plus à articuler. L'émotion était trop forte. Il dut s'y reprendre à plusieurs fois.

-C'est pas souvent qu'on me parle sans me crier dessus. Aussi je voulais vous dire et au juge aussi, que je savais qu'on faisait quelque chose de grave mais que je pouvais pas l'arrêter. Mon tuteur m'aurait crié dessus et puis la dame, la folle, elle hurlait. Et puis aussi …

Dassonville hésita.

Julia l'encouragea d'un geste de la main.

-Si on vous dit que j'ai touché les deux filles, c'est pas vrai. Elle m'ont fait languir en montrant ce qu'elles avaient sous leurs habits mais je les ai jamais touché ». J'osai pas. Et puis, de toute façon, si je m'approchai trop près, elles se sauvaient.

-Pourquoi vous faisaient- elles voir, Julia hésita, ce qu'elles avaient sous leurs habits ?

-Ben, à chaque fois, mon tuteur leur donnait des sous et elles partaient en riant, comme des gamines.

-Hum, il va falloir que je revoie ce monsieur !

-Je vais rentrer chez moi ?

-Je vais d'abord appeler le juge pour lui expliquer. Et pour que vous puissiez partir dans un centre dans lequel on prendra soin de vous.

Julia fit ramener Dassonville en garde à vue et demanda à Cernier s'il avait visualisé le portable de Rivoli.

-Non, répondit-il. J'ai fait poser les scellés sur ses affaires mais je n'ai pas vérifié le téléphone.

Julia se fit amener le portable et l'alluma. Pas de code de sécurité. Elle appuya sur le symbole galerie et visionna les photos. Elle trouva vite une série de clichés montrant Tania et Zoé aguichant Dassonville. Sur les photos, elles ne laissaient voir que leur sous-vêtement. Rien de bien grave si ce n'est que cela excitait Dassonville car il apparaissait sur les photos de façon explicite et sur certaines d'entre elles, on voyait que celui-ci leur donnait de l'argent qui ne sortait pas de sa poche mais d'une main qui apparaissait légèrement dans le cadre.

-Quel salaud ce Rivoli.

Puis elle visionna les vidéos et entendit clairement Rivoli leur dire que si elles voulaient plus d'argent, elles devaient en faire voir plus et ne pas poser de question. Sur chacune des vidéos, on voyait claire-ment que les gamines hésitaient et, sur la première, elles disaient qu'elles voulaient bien faire voir mais fallait pas toucher. Rivoli le leur confirma. Sur la vidéo, on voyait sans erreurs possibles qu'il leur proposait un peu plus d'argent mais les gamines, après s'être légèrement dénudées, se regardèrent, se rhabillèrent en hâte et se sauvèrent en riant. La date de la vidéo indiquait le trois juillet.

Julia soupira et effaça les photos et vidéos, espérant qu'il n'y en avait pas d'autres ailleurs, sinon. Sinon, ça foutrait la merde dans toute la procédure et surtout dans l'avenir de ces ados.

Laissons ces gamines tranquilles. Ça leur passera ou bien, on verra pensa t'elle.

Julia quitta la salle d'interrogatoire pour transmettre par le net, les procès verbaux d'audition au juge d'instruction.

Cernier lui rappela que Stormayeur était toujours là.

Julia alla le voir dans la cellule, lui annonça qu'il serait convoqué de nouveau un peu plus tard en raison de l'importance de l'affaire en cours et qu'il avait intérêt à se faire oublier. Démissionner de son poste de président de l'union commerciale, serait un bon début pour tenter de limiter l'importance des suites juridiques qui allaient lui tomber dessus.

Stormayeur ne demanda pas son reste, s'excusa plusieurs fois et quitta la gendarmerie sans trainer. Julia le vit monter dans une voiture conduite par une femme qui ne semblait pas très heureuse d'être là.

****

# Epilogue

Ce soir là, le juge Dambert inculpa de meurtre avec préméditation Katrin Sardanian, condamnation aggravée du fait que le légiste indiqua que la fourche avait été aiguisée avec beaucoup de soin, ce que confirma l'accusée. Rivoli, l'entrepreneur, fut inculpé de complicité de meurtre avec préméditation. Il avait fourni la fourche et l'agrafeuse professionnelle électrique à Sardanian et les avait introduites dans les loges. Pour ne pas embarrasser les deux gamines, et surtout pour ne pas noircir leur avenir, le juge laissa de côté les accusations de corruptions, de photos effectuées dans un cadre de chantage, en accord avec l'officier de gendarmerie Tradisi. Tous les deux estimaient que Rivoli était suffisamment impliqué dans ce meurtre. Il avait sans doute pensé pouvoir influencer les enquêteurs en planifiant les interventions de Dassonville autour des deux gamines. Le geste meurtrier de Sardanian et les agissements pervers de son protégé devaient lui permettre, pensait-il, de ne pas être trop inquiété ainsi que son ami Pelletier malgré quelques éclaboussures inévitables. L'avocat fut également inculpé de meurtre mais la préméditation ne fut pas retenue. Par contre, en raison de sa qualité d'avocat, il fut accusé, en plus, de substitution de preuves et d'entrave à la justice. Il fut aussitôt mis à pied de l'ordre des avocats en attendant le procès. Dassonville fut interné dans un centre spécialisé, ce qui ne lui posa aucun problème.

Le soir même, Julia Tradisi partagea son repas froid dans son studio de service en compagnie d'Eléonore Dulaunoy. Le lendemain, elle accompagna la jeune femme auprès du capitaine Froquart qui ne prit même pas la peine de saluer son supérieur avant d'engueuler la jeune femme pour avoir désobéi aux ordres, c'est-à-dire d'aller sur le terrain.

Julia s'interposa. Froquart semblant s'apercevoir de sa présence, l'envoya sur les roses. Ce qui eut pour réaction de la part de Julia un magistral coup de poing dans la figure du capitaine qui se retrouva par là même à l'hôpital.

Une réaction en chaine se mit naturellement en marche. Julia fut mutée à la direction interrégionale des Hauts de France avec un avancement et les félicitations de sa hiérarchie pour ses bons résultats. Il n'était pas possible de laisser Froquart et Tradisi dans le même secteur même si beaucoup étaient fort contents de ce qui était arrivé à cet officier. Il était tellement peu apprécié par sa hiérarchie, que celle-ci le poussa hardiment vers la retraite. Eléonore démissionna de la gendarmerie, ce corps trop rigide n'étant pas fait pour elle.

Elle passa et réussit avec brio le concours d'officier de police.

Julia ne revit ni Ayata Rodriguès ni Jeanne Portales. Mais, avant son départ, elle passa une excellente soirée en compagnie du juge Dambert et de sa femme.

Ce meurtre sordide avait été éclairci en quelques heures. Un type bien assassiné pour une histoire de cul minable.

Julia Tradisi s'enfonça un peu plus dans les méandres obscurs et nauséabonds de l'espèce humaine.

Du même auteur :

Dommage, c'était une belle guerre.

Les aventures de Théodore Duport-Morlaix.